唐宋名家诗词

李商隐诗

董乃斌 ◆ 评注

人民文学出版社

图书在版编目(CIP)数据

李商隐诗/董乃斌评注.—北京:人民文学出版社,2012
(唐宋名家诗词)
ISBN 978-7-02-009283-3

Ⅰ.①李… Ⅱ.①董… Ⅲ.①唐诗—选集②唐诗—注释
Ⅳ.①I222.742

中国版本图书馆CIP数据核字(2012)第148198号

责任编辑　胡文骏
装帧设计　李思安
责任印制　王景林

出版发行　人民文学出版社
社　　址　北京市朝内大街166号
邮政编码　100705
网　　址　http://www.rw-cn.com

印　　刷　三河市航远印刷有限公司
经　　销　全国新华书店等

字　　数　174千字
开　　本　787×1092毫米　1/32
印　　张　10　插页3
印　　数　11001—14000
版　　次　2005年6月北京第1版
印　　次　2017年12月第3次印刷
书　　号　978-7-02-009283-3
定　　价　25.00元

如有印装质量问题,请与本社图书销售中心调换。电话:01065233595

目　录

前言 …………………………………… 001

初食笋呈座中 ………………………… 001
夕阳楼 ………………………………… 003
柳枝五首 有序 ………………………… 005
及第东归次灞上却寄同年 …………… 010
漫成三首 ……………………………… 012
安定城楼 ……………………………… 015
自贶 …………………………………… 018
崇让宅东亭醉后沔然有作 …………… 019
荆门西下 ……………………………… 022
桂林 …………………………………… 024
骄儿诗 ………………………………… 026
九日 …………………………………… 031
偶成转韵七十二句赠四同舍 ………… 033
房中曲 ………………………………… 041

七月二十九日崇让宅宴作	044
夜冷	046
西南行却寄相送者	048
望喜驿别嘉陵江水二绝（其二）	049
杜工部蜀中离席	050
二月二日	052
写意	054
杨本胜说于长安见小男阿衮	056
夜雨寄北	058
梓州罢吟寄同舍	060
有感（中路因循我所长）	062
有感（非关宋玉有微辞）	064
锦瑟	066
无题（八岁偷照镜）	070
燕台诗四首（春、夏、秋、冬）	073
圣女祠（松篁台殿蕙香帷）	083
重过圣女祠	086
辛未七夕	089
无题（白道萦回入暮霞）	091
无题二首（凤尾香罗薄几重、重帷深下莫愁堂）	093
无题（相见时难别亦难）	097
无题四首（选三：来是空言去绝踪、飒飒东风细雨来、何处哀筝随急管）	099

无题二首(选一:昨夜星辰昨夜风)	103
霜月	106
春雨(怅卧新春白袷衣)	108
碧城三首	110
嫦娥	117
银河吹笙	119
日射	121
为有	123
宫辞	125
代赠二首(楼上黄昏欲望休、东南日出照高楼)	127
代应二首(选一:沟水分流西复东)	129
离思(气尽《前溪舞》)	130
席上作(淡云轻雨拂高唐)	133
一片(一片非烟隔九枝)	134
月夕	136
袜	137
闻歌	138
水天闲话旧事	140
深宫	143
槿花	145
又效江南曲	146
随师东	148
重有感	151

曲江	154
寿安公主出降	157
马嵬二首	159
淮阳路	163
赠别前蔚州契苾使君	165
灞岸	168
赠刘司户蕡	170
韩碑	172
李卫公	179
漫成五章	181
哭刘蕡(上帝深宫闭九阍)	186
龙池	188
骊山有感	190
华清宫	192
咏史(历览前贤国与家)	194
华岳下题西王母庙	196
宋玉	198
楚宫(湘波如泪色漻漻)	200
过楚宫	202
楚吟	204
题汉高祖庙	205
四皓庙	207
贾生	209
茂陵	211

吴宫	213
武侯庙古柏	214
筹笔驿	217
读任彦升碑	219
齐宫词(永寿兵来夜不扃)	221
陈后宫(茂苑城如画)	223
南朝(地险悠悠天险长)	225
南朝(玄武湖中玉漏催)	227
咏史(北湖南埭水漫漫)	230
北齐二首(一笑相倾国便亡、巧笑知堪敌万机)	232
隋宫(紫泉宫殿锁烟霞)	234
蝉	236
流莺	238
落花	240
野菊	241
忆梅	243
柳(曾逐东风拂舞筵)	244
离亭赋得折杨柳二首(暂凭樽酒送无憀、含烟惹雾每依依)	245
微雨	246
细雨	247
泪	248
蝶(初来小苑中)	250

蜂	252
洞庭鱼	254
乱石	255
月	256
对雪二首	257
临发崇让宅紫薇	260
题小松	262
宿骆氏亭怀崔雍崔衮	263
寄令狐郎中	264
岳阳楼(欲为平生一散愁)	266
端居	267
杜司勋	268
韩冬郎即席为诗相送,一座尽惊。他日余方追吟"连宵侍坐徘徊久"之句,有老成之风,因成二绝寄酬,兼呈畏之员外	270
天涯	272
风雨	273
夜饮	275
晚晴	277
寓目	279
偶题二首	281
访人不遇留别馆	283
当句有对	285
七月二十八日夜与王郑二秀才听雨后梦作	287

宿晋昌亭闻惊禽	290
昨夜	292
夜半	293
送崔珏往西川	294
花下醉	296
滞雨	297
乐游原	298

前　言

一　李商隐生平及著作简介

李商隐（约811—约859），字义山，号玉谿生、樊南生。唐怀州河内县（其地含今河南沁阳和博爱）人，自祖父起迁居郑州荥阳，后遂占籍。

他在诗中自称"我系本王孙"（《哭遂州萧侍郎》），而高、曾祖以来无显宦，实已是"宗绪衰微，簪缨殆歇……泽底名家，翻同单系；山东旧族，不及寒门"（《祭处士房叔父文》）。其父李嗣曾为获嘉令，后辗转于浙东、浙西观察使幕府，商隐随之漂泊，并接受启蒙教育，"五岁读经书，七年弄笔砚。"（《上崔华州书》）十岁时，父死，乃侍母北归，所谓"四海无可归之地，九族无可倚之亲。……生人穷困，闻见所无"，以致只能"佣书贩舂"为生。（《祭裴氏姊文》）后数年间，与弟羲叟在堂叔李某处读书学文，十六岁即"能作《才论》、《圣论》，以古文出诸公间"（《樊南甲集序》）。约在此时或稍后，曾"学仙玉阳"，与女冠交游。

大和三年（829），天平军节度使令狐楚因赏其才，召其入幕，令与其子令狐绹、绪等游，并向其传授骈体章奏作法。楚调太原，商隐亦随往。在此期间，曾数次应举，均落第。开成二年（837），由令狐绹力荐，登进士第。该年冬，令狐楚死。次年春，商隐入泾原节度使王茂元幕。不久，娶王女为妻。当时，官僚集团牛（僧孺）李（德裕）两党争斗方酣，令狐属牛党，王茂元被视为李党，商隐的行为本非出于党派意识，但在令狐绹看来，却是"忘家恩"、"放利偷合"（《新唐书·李商隐传》），遂渐渐疏远和排斥他。此年，商隐应博学宏词试，初已录取，复审时被"中书长者"黜落。开成四年（839），再试书判拔萃科，始释褐为秘书省校书郎。但不久即被调补弘农尉，在县尉任上又因"活狱"触忤上司，受到申斥。幸后任观察使姚合挽留，迁延一年多，终于辞职去长安，求调他任。会昌二年（842），商隐又一次应书判拔萃科考试合格，被任为秘书省正字。仅半年，因其母去世，按例去职守制，三年服满后复职。

会昌六年（846）三月，唐武宗卒，进入宣宗执政的大中（847—859）时期。大中之政，往往与会昌相反,而与商隐命运最为密切的是牛李两党地位的彻底互换。会昌年间在平藩、灭佛以及外交方面卓建功勋的宰相李德裕被贬死崖州,李党的郑亚、李回等亦纷遭窜逐,而牛党的白敏中、令狐绹等则先后入相。商隐此时不再向牛党靠拢,却跟着被贬为桂管观察使的郑亚去了桂林,以实际行动表明了他同情李党的政治态度。此后,随着郑亚的再贬,商隐离开桂幕,除短期在京兆府任职外,先后在武宁军节度使卢弘止(徐州)、东川节度使柳仲郢(今四川三台)府中从事。其间偶回长安,获国子博士之职,时间很短。大中九年(855)府罢归长安,次年由柳仲郢荐为盐铁推事,曾游江东。

大中十二年冬,因病返郑州,不久,卒。

李商隐胸怀"欲回天地"——力促唐王朝中兴——的志向,但身处晚唐已无实现抱负的可能。他一生遭际坎坷,备受压抑,以依人作幕、代草文书为业。其骈体章奏与哀诔之文因形式瑰丽、情文并茂而在当时极负盛名,曾自编为《樊南甲、乙》二集,今尚存三百多篇。亦有少量短赋与散文作品留存,如《虱、蝎、虎、恶马》诸赋及《李贺小传》、《上崔华州书》、《别令狐拾遗书》、《与陶进士书》、《容州经略使元结文集后序》等。几篇咏物短赋,实寓讽刺官场和社会丑恶现象之意。而其文则有"夫所谓道,岂古所谓周公、孔子者独能邪?盖愚与周、孔俱身之耳"(《上崔华州书》),

"孔子于道德仁义外有何物？百千万年，圣贤相随于涂中耳"（《元结文集后序》），"是非系于褒贬，不系于赏罚；礼乐系于有道，不系于有司"（《与陶进士书》）等语，充分表现了他愤世嫉俗的情绪和某些反传统意识。

二　李商隐诗歌的成就和影响

作为晚唐最杰出的抒情诗人，李商隐继承屈原、阮籍以至李白、杜甫批判现实、关切民生、以诗歌艺术为生命的传统，倾注毕生精力创作了大量作品，其诗今存600首。

这些作品按题材内容和创作角度可大致分为两类。一为时事政治抒情诗，这类诗视线较外向，多涉及社会现实或历史现象，有较多客观反映成分；一为个人生活抒情诗，这类诗笔触较内向，侧重舒泄心灵世界的波澜与感应，主观成分较重。当然，这种区分是相对的，两类诗歌之间存在着深刻的互渗互证关系，归根到底，它们都是诗人对客观信息的反应，是外部世界在诗人心灵上的投射。而在艺术上，则除上述诸家外，还广泛地吸收、熔铸南朝乐府、齐梁歌诗以及韩愈、李贺等人的诗歌创作经验，形成了他独特的"寄托深而措辞婉"（叶燮《原诗》）和朦胧多义、哀感顽艳的风格。商隐诗各体俱有佳作，尤以五七言律绝成就突出，七言律诗的造诣更是上追杜甫而独步晚唐。

李商隐的时事政治抒情诗多与唐文宗大和初至宣宗大中末（827—859）的政治事件、政治人物和现象有关。如少作《随师东》，即有感于朝廷讨伐叛镇久而无功，充分暴露出军政窳败而作。大和九年（835）甘露之变发生，宦官滥杀无辜，极为嚣张，多数官僚士人噤不敢言，商隐却连作《有感》二首和《重有感》，既严谴宦官，又痛责谋事不密酿成惨祸的李训、郑注，更委婉批评了用人不当的唐文宗。开成二年，绛王女寿安公主出降成德节度使王元逵，商隐从中看到藩镇的坐大和王朝的软弱，作《寿安公主出降》深致忧虑。同年冬，因护送令狐楚灵柩途经凤翔，见到京西农村凋敝和民生极端困苦的状况，有长篇史诗《行次西郊作一百韵》，形象而全面地描述了唐朝二百余年政治由盛转衰的过程，并阐发"又闻理与乱，系人不系天"的观点，力图警醒当权者。此诗的规模和思想深度，均堪与杜甫《北征》媲美。友人刘蕡因在对策中纵论时政，指斥宦官，受到贬逐，终于冤死。他一连作诗四首哭吊，"路有论冤谪，言皆在中兴"，"上帝深宫闭九阍，巫咸不下问衔冤"，"一叫千回首，天高不为闻"，以强烈的抗议之声打破了文坛的沉寂。大中年间，商隐反潮流地作《李卫公》、《漫成五章》（之四、之五）、《旧将军》诸诗，对会昌宰相李德裕给予高度评价，寄予极大同情。

咏史也是李商隐政治诗重要内容。他既敢于直咏本朝史事，如《龙池》、《马嵬二首》讽刺唐玄宗的荒淫误国；更善于借前代史事讽喻现实，像《瑶池》、《汉宫词》、《贾生》、《南朝》、《齐宫词》、《北齐二首》、《陈后宫》、《隋宫》等，或讥求仙，或刺淫佚，或嘲不能用贤，都是意味深长的名篇。这些作品内容的尖锐辛辣和措辞的委婉深曲、抒情的沉挚和议论的隽永结合得好，故很得历代诗评家的赞赏。由于深感危机四伏，颓势难挽，商隐的政治抒情诗中常常弥漫着无望和迷惘之绪，他的许多诗篇仿佛是预先为唐王朝唱出的曲曲挽歌。

李商隐的个人生活抒情诗，或感事咏怀，如《安定城楼》、《任弘农尉献州刺史乞假归京》；或即景咏物，如《回中牡丹为雨所败二首》、《蝉》、《流莺》之类，都贯穿着伤叹一生坎坷不幸的感情线索，而又能提升到对时世的批判和对高洁人品的歌赞，具有代表同时代文士的典型意义。而对于亲情、友情，特别是爱情的讴歌，则是此类诗歌中感染力最强的部分。《骄儿诗》以柔爱之笔写儿子衮师的娇憨聪慧和对儿子的热望；《宿骆氏亭寄怀崔雍崔衮》、《夜雨寄北》等将对友人的悠长思念化入萧瑟景物的描绘、凄清氛围的渲染，做到了情景融合无间。

爱情诗，从早年模仿李贺诗风的《河内》、《河阳》、《燕台诗四首》和模仿南朝乐府民歌的《柳枝诗五首》，到那些以女冠、女仙为歌咏对象的优美七律，以及独创一格的《无题》组诗，是李商隐最有代表性的作品。其中许多篇的本事虽不易探索，但它们所传达的既缠绵又浓烈的情感，却足以引起千秋读者的共鸣；尤其是那些新颖别致的意象、纤秾明丽的诗句，如："碧城十二曲阑干，犀辟尘埃玉辟寒。阆苑有书多附鹤，女床无树不栖鸾。"（《碧城三首》之一）"一春梦雨常飘瓦，尽日灵风不满旗。萼绿华来无定所，杜兰香去未移时。"（《重过圣女祠》）"相见时难别亦难，东风无力百花残。春蚕到死丝方尽，蜡炬成灰泪始干。"（《无题》）"身无彩凤双飞翼，心有灵犀一点通。"（《无题二首》）"红楼隔雨相望冷，珠箔飘灯独自归。"（《春雨》）等，更是脍炙人口，流传不衰。寄内和悼亡诗是另一类型的爱情诗，在商隐诗作中也占相当分量，前者如《对雪二首》，后者如《房中曲》、《西亭》、《夜冷》等，均以深情绵邈见长。纵观这些作品，它们的意义已不止是一般地讴歌爱情，有许多篇实已升华为对女性的赞美，对女性生活和命运的深切同情和关怀，对她们种种不幸遭遇的忧愤和不平，表现了古代一个正直诗人和男子对女性的善待乃至爱护尊重，从而也显示了中华文明中与歧视压迫妇女完全不同的另一种传统。这在今天看来，还是多么难能可贵！

李商隐诗有个很重要的特点，就是在表现爱情、悼亡以及对坎坷身世的自我感伤乃至对唐王朝衰亡的预感时，往往彼此融渗胶结，浑然化为一体；他又善于采用曲折多层的隐喻、象征手法，遂使他的一部分作品涵义十分丰富深厚，颇难阐释。尤其是一些《无题》诗和类似无题的《锦瑟》等篇，其创作动机以及原初的、真正的涵义几乎成为千古之谜。然而这恰是它们永恒魅力之所在，历代读者反复研读它们，不断取得理解的超越，也不断地从中获得美感享受和心灵的共鸣。

在晚唐诗坛，李商隐与杜牧、温庭筠齐名，人称"小李杜"、"温李"。历代受其影响的诗人颇多，如晚唐的唐彦谦、韩偓、崔珏，宋初的西昆诸人及贺铸、晏几道、秦观等词家，元末的杨维桢，明代的杨基、高启、程嘉燧、王彦泓，清代的黄景仁、孙原湘、陈文述、樊增祥等。直到近现代，还有许多旧体诗人和新诗作者受着他诗歌的泽惠。

李商隐的诗集最初由宋人编集，后历有增补。为其诗作注，亦自宋人始，然宋注已佚。明、清两代新注不辍，尤以清人成绩可观，较著名的有朱鹤龄、程梦星、姚培谦、屈复和冯浩的笺注。商隐文散见于《文苑英华》、《唐文粹》、《全唐文》等书，清人据以搜集重编，有徐树毂、徐炯《李义山文集笺注》、冯浩《樊南文集详注》和钱振伦《樊南文集补编》等。今人刘学锴、余恕诚《李商隐诗歌集解》、《李商隐文编年校注》则为近年集大成的研究成果。

三 关于本书的几点说明

新时期以来，李商隐其人其诗，曾是古典文学研究，特别是唐代文学研究的一个热点，产生了很多研究成果，上述刘学锴、余恕诚两部著作外，单李商隐的传记和诗歌选本，就有好多种。这些和上述许多前人注本都是本书需要认真参考的。有所趋避，也均以这些成果为前提。

本书所选李商隐诗之原文，所据是通行本，个别有异文的，则择善而从。

关于选目，除代表作不得不选外，尽量选入一些别家未选的佳作，以使读者更广泛地接触李商隐诗，并了解李商隐其人。现总计选入李商隐诗一百多首，约占李商隐全部诗作四分之一左右。目录编排按内容大致分为五个单元，简言之，即：有关李商隐生平的诗、女性诗、时事政治诗、咏史诗、咏物及其他诗，在目录上以空行显示。这种划分是相对的，有的诗实际上应跨两类，甚至可兼三类，而且各人见解也会有不同，故不必拘泥地看。

关于注释，以简洁明了为宗旨，力求重点突出，适当注意视野的开阔。

  关于解读,这是惟一可以较多发挥个人见解之处,故尽量阐发己意,甚至提出一些不成熟意见供读者思考,避免人云亦云,但也并不故意标新立异。

  虽经努力,但限于能力,结果未必尽如人我之意,竭诚欢迎读者批评商榷。

董乃斌
2004 年 9 月

初食笋呈座中

嫩箨香苞初出林[1],於陵论价重如金[2]。
皇都陆海应无数[3],忍剪凌云一寸心[4]?

【注释】

1　箨(tuò 拓):竹笋的皮,即笋壳。苞:指笋壳包裹着的嫩笋。

2　於(wū 乌)陵:汉代县名,唐时为淄州长山县,治所在今山东邹平东南。此地属北方,竹林稀少,春天的嫩笋是稀罕珍贵之物,故云"论价重如金"。

3　皇都:指唐首都长安。陆海:《汉书·地理志》:"(秦地)有鄠杜竹林,南山檀柘,号称陆海,为九州膏腴。"意谓长安鄠杜一带竹木丰盛、物产富庶,历来被认为是陆上膏腴之地,如大海之无所不出,故有"陆海"之称。

4　忍剪:问语口吻,"怎忍剪"的省略。剪,斩伐之意,《诗经·召南·甘棠》云"勿剪勿伐"。凌云一寸心:竹笋幼时短小径寸,长大后却能参天摩云,暗喻年轻人虽无名而位卑,但拥有无限潜力,只要给予一定条件,必将前途无量。

【解读】

　　此诗是李商隐的少作,创作的具体时间地点不详。从诗题和诗的内容看,应是在一次筵席上,菜肴中有嫩笋,引起年轻诗人的感慨而作。吃笋本很平常,但诗人却想到竹笋在林中生长,品质佳美,朝气蓬勃,本来可望长成凌云巨材,现在被高价买来吃掉,实在不幸得很。竹笋在这里含作者自喻之意,并可扩及一切有志青年。敏感的诗人由笋的被食联想到自己的命运,不禁向"座中"的诸位发出呼吁:都城如此富庶,可吃的东西多多,为什么非要忍心去吃嫩笋,断送它们的美好前途呢——这当然是借题发挥,是借食事而喻人事,用委婉的口吻提请手中有权的人,不要冷漠而残忍地对待有抱负有前途的青年。这首即席吟成的诗,藉景抒怀,有感而发,措辞虽尚欠老辣深曲,但已初步体现了义山诗词婉义丰、伤感多于欢愉的特色。

夕阳楼[1]

花明柳暗绕天愁，上尽重楼更上楼。
欲问孤鸿向何处，不知身世自悠悠。

【注释】

1　夕阳楼：于夕阳西下时登楼也，非楼名夕阳。本诗题下有作者自注："在荥阳。是所知今遂宁萧侍郎牧荥阳日作者。"这句注语应是诗人后来补记的，其意为：此诗作于荥阳（唐为郑州属县，今属河南），是当初萧澣侍郎被贬为郑州刺史时写的，而现在，萧侍郎已经又遭贬逐，去了遂宁（今属四川）。由此可知，此诗应作于大和七、八年间（833—834），萧澣守郑州时，自注补记于萧被贬遂宁的大和九年（835）。

【解读】

这仍然是李商隐早期作品，但全篇已洋溢着浓浓的哀愁。这里固然有为朝廷政争失败者萧澣不平的成分，但更主要的，还是切身遭际带来的彷徨和忧愤。原来，近几年来，商隐一再应试，均被刷落，就是他后来所说的："凡为进士者五年，始为故贾相国所憎，明年病不试，又明年复为今崔宣州所不取……"（《上崔华州书》）世路是如此坎坷，前途是如此渺茫，当他登楼眺望，目击孤鸿独飞而远去，怎能不引起一番身世之感呢？在诗人的意念中，此刻的他，当已与孤鸿化为一体，他的灵魂已附着于孤鸿在苍茫无涯的天空作漫无目标的翱翔了。而此诗完成后不久，萧澣再次远贬遂宁，正如那孤鸿，今后还不知要飞往何处。李商隐读诗怀人，自然感慨万端，这也许就是促使他补记自注的动因吧。

柳枝五首 有序

柳枝,洛中里娘也[1]。父饶好贾[2],风波死湖上。其母不念他儿子,独念柳枝。生十七年,涂妆绾髻,未尝竟,已复起去,吹叶嚼蕊,调丝擪管[3],作天海风涛之曲,幽忆怨断之音。居其旁,与其家接故往来者,闻十年尚相与疑其醉眠梦物,断不娉[4]。余从昆让山[5],比柳枝居为近,他日春曾阴[6],让山下马柳枝南柳下,咏余《燕台诗》。柳枝惊问:"谁人有此?谁人为是?"让山谓曰:"此吾里中少年叔耳。"柳枝手断长带,结让山谓赠叔乞诗。明日,余比马出其巷,柳枝丫鬟毕妆,抱立扇下,风障一袖,指曰:"若叔是?后三日,邻当去溅裙水上,以博山香待,与郎俱过。"[7]余诺之。会所友有偕当诣京师者,戏盗余卧装以先,不果留[8]。雪中让山至,且曰"为东诸侯取去矣"[9]。明年,让山复东,相背于戏上[10],因寓诗以墨其故处云。

花房与蜜脾,蜂雄蛱蝶雌。
同时不同类,那复更相思?

本是丁香树，春条结始生。
玉作弹棋局，中心亦不平[11]。

嘉瓜引蔓长，碧玉冰寒浆。
东陵虽五色，不忍值牙香[12]。

柳枝井上蟠，莲叶浦中乾。
锦鳞与绣羽，水陆有伤残。

画屏绣步障，物物自成双。
如何湖上望，只是见鸳鸯？

【注释】

1　柳枝：少女的名字，唐人喜用"柳枝"比喻和称呼年轻苗条的女孩，这里既可能是真名，也可能是诗人借用来称呼自己的初恋对象。洛中里娘：洛阳街坊里的姑娘。

2　父饶好贾：贾（gǔ古），做买卖。《史记·货殖列传》："好贾趋利。"这里指善于做生意。

3　"吹叶"二句：吹叶，可以成乐，冯浩注引傅玄《筎赋》"吹叶为声"，又引郭璞《游仙诗》"嚼蕊挹飞泉"，认为是以嚼蕊与吹叶构成组词，而与调丝撦管则成

对句。调,指调弄。丝、管为管弦乐器。擪(yè叶),是用一指按。这两句描写柳枝擅长音乐。

4 不娉:娉同聘,《玉篇》:"娉,娶也。"这几句各版本字不同,各注家断句亦异,今取其大意,谓柳枝因被母娇宠而稚憨,故十七岁了尚未许聘人家。

5 从昆让山:堂兄弟李让山。

6 曾阴:曾,通"层",这里指多云的天气。

7 "后三日"四句:溅裙水上是唐时民俗,《玉烛宝典》:"元日至晦日,人并渡水,士女悉湔裙酹酒水湄,以为度厄。"溅、湔,洗也,春日到水边湔洗裙衣,可以免灾。博山香,一种形似很多山头的香炉,燃香后从多孔出烟。柳枝约会义山:三天后邻居们会去水边湔裙,我点起博山香炉等候你们来。

8 "会所友"三句:意谓恰有一位本应同去京师的朋友,开玩笑地拿了我的行李先走了,(我只好随后赶去)没能留到约会的那一天。

9 东诸侯:指在洛阳以东某地当节度使之类的大官。

10 戏上:戏水,在临潼新丰镇东南。让山离开长安东行,与义山在戏水分手。

11 弹棋局:弹棋是一种游戏。沈括《梦溪笔谈》:"弹棋,今人罕为之,有谱一卷,盖唐人所为。棋局方二尺,中心高如覆盂,其颠为小壶,四角隆起"。李商隐《无题》亦云"莫近弹棋局,中心最不平",与此都是用弹棋局(棋盘)的形状比喻心中的愤懑不平。

12 "东陵"二句：《史记·萧相国世家》："召平者，故秦东陵侯。秦破，为布衣，贫，种瓜于长安城东，瓜美，故世俗谓之'东陵瓜'"。二句用东陵瓜比喻柳枝姑娘，说她是那样美好，自己爱她，也尊重她，所以不忍伤害她。

【解读】

《柳枝五首》，尤其是它的序，记录着李商隐难忘的初恋。这时，他二十五六岁，柳枝十七岁，她是商人的独生女，生活于洛阳市井。小序为她画了一幅速写，她纯真娇憨，多才多艺，懂诗并懂得诗人的价值，追求自己的幸福主动勇敢，而她的遭遇又那样不幸。这篇小序几乎当得柳枝的半篇传记。按照唐朝的婚姻制度，他们既非门当户对，欲成眷属必然困难重重。然而他们的恋爱尚未到这一步就夭折了。虽序中对其原因和过程语焉不详，但据诗推测，李商隐恐怕并非毫无责任——他理智地明白，自己和柳枝是雄蜂雌蝶"同时不同类"，他实在并未认真地追求，朋友拿掉他的行李先走了，岂能成为他失约的理由？在失去柳枝以后，他以"那复更相思"聊以自慰，也说明一点问题。只是人毕竟是感情的动物，理智能够压抑但不能消灭感情，李商隐还是忍不住想念柳枝，忍不住为令他动心的初恋而哭泣。这五首模拟南朝乐府《子夜歌》、《读曲歌》格调的小诗，用极单纯朴素的语言反复描摹和怀想恋人的美好，说她像含苞的丁香，像碧玉般的嘉瓜，又反复

吟唱着失去她的痛苦和悲哀,特别是当外界景物给予他某种刺激(如看到绣屏上和湖中鸳鸯成双)的时候。李商隐与柳枝的恋爱,颇受古代正人君子的非议,但今人则多予同情,其实真正可悲悯的还是柳枝,李商隐失约了,"东诸侯"把她取去,不是充入后房,就是沦为歌妓,她不仅失恋,而且失去了人身自由,她传记的后半篇该怎样书写呵!

及第东归次灞上却寄同年[1]

芳桂当年各一枝，行期未分压春期[2]。
江鱼朔雁长相忆，秦树嵩云自不知[3]。
下苑经过劳想像，东门送饯又差池[4]。
灞陵柳色无离恨，莫枉长条赠所思[5]。

【注释】

1 及第：指登科，即考中了进士。开成二年（837）李商隐及第，按例东归省亲，行次距长安三十里的灞水（灞桥）之上，收到同年（同科及第者）某君的饯行诗，遂作此诗回赠，即所谓却寄。

2 芳桂：古代习以登科为"折桂"，典出《晋书·郤诜传》："臣举贤良对策，为天下第一，犹桂林之一枝，昆山之片玉。"芳桂句兼自己与同年言，谓二人同于盛年登科折桂。未分：未料到。压：紧挨着。春期：暮春之期。据李商隐《上令狐相公状六》，他于是年三月二十七日离京东归。

3 "江鱼"二句：以江鱼（长江的鱼）、朔雁（北方的雁）、秦树（关中的树）、嵩云（嵩山的云）分喻自己和同年，自己东归，同年留京，别后将天各一方，但仍会相互思念，互通信息。秦树嵩云句从杜甫《春日忆李白》"渭北春天树，江东日暮云"化出。

4　下苑：指长安曲江池一带，唐进士放榜后，例在曲江举行盛宴庆祝。东门：指长安青绮门，饯行宴多在此举行。差池：差了一点，此指送饯未遇。二句将眼前事与日后的想象对应成一联，意谓东门的饯别宴与你错过了，今后再经曲江，当劳你想起不久前进士宴的情景。

5　"灞陵"二句：汉文帝陵墓在长安东七十里，名霸陵，此处有桥跨霸（灞）水，岸多植柳，自汉代以来，有送行至此折柳作别之俗，唐时此风尤甚。但因是及第后相别，故作者安慰没赶上送行的同年说：今年灞桥柳色并"无离恨"，就不必折柳相赠了吧。

【解读】

《李义山诗集笺注》的著者姚培谦说此诗"必同年中有最知爱者，归时不及作别，故却寄此"，甚为中肯。诗的情绪明快，语言爽朗，中二联想象离别后自己与友人的相互思念，典雅生动，风调流美，既切眼前，复涉未来，结句翻进一层以慰对方，更属别出心裁。这是一首在技巧上渐趋成熟的赠别诗。

漫成三首

不妨何范尽诗家，未解当年重物华[1]。
远把龙山千里雪，将来拟并洛阳花[2]。

沈约怜何逊，延年毁谢庄[3]。
清新俱有得，名誉底相伤[4]？

雾夕咏芙蕖，何郎得意初[5]。
此时谁最赏？沈范两尚书[6]。

【注释】

1 何范：指南朝梁诗人何逊和范云。《梁书·文学传》及《南史·何承天传》皆载何逊事，《梁书》云"逊八岁能赋诗，弱冠，州举秀才。南乡范云见其对策，大相称赏，因结为忘年交好，自是一文一咏，云辄嗟赏……沈约亦爱其文，尝谓逊曰：'吾每读卿诗，一日三复，犹不能已。'其为名流所称如此。"重物华：借喻重人才。物华，天地万物之精粹与光华，王勃《滕王阁序》以"物华天宝"与"人杰地灵"相对，其意相关。

2 "远把"二句：在何、范二人的联句诗中，范云有"洛阳城东西，却作经年别。昔去雪如花，今来花似雪"的名句。龙山，地名，在云中（今山西北部、内蒙古一带），鲍照有诗云"胡风吹朔雪，七里度龙山"。将来，拿来。拟并，比拟为。

3 沈约：南朝梁诗人，极欣赏何逊的诗，参注1。延年：南朝宋诗人颜延之，字延年。谢庄：南朝宋诗人，字希逸，所作《月赋》，非常有名。但当宋武帝问颜延之"《月赋》如何"时，他却故意贬损之，"延年毁谢庄"指此。

4 底：何以、什么之意。

5 "雾夕"二句：何逊有《看伏郎新婚》诗："雾夕莲出水，霞朝日照梁。何如花烛夜，轻扇掩红妆。"芙蕖，莲花。诗写新娘如雾夕莲花，具朦胧之美。何逊诗原为看人新婚，李商隐即借作何逊事，并以之喻指自己的新婚。

6 "沈范"句：指沈约和范云，据《梁书》二人本传，沈官至尚书仆射，范亦为吏部尚书。

【解读】

诗题"漫成"，仿佛随意而作，实乃有感而发。作者进士及第后，应博学宏辞科考试，既有人重其才，也有人忌其才，流言蜚语不少，使他想起古人前辈推奖后进的高风，遂写此诗，以何逊自比抒发感慨，对爱护他的长辈深怀感激，对谗毁者则傲然表示何能伤害于我！注家冯浩以为作于商隐新婚王氏之际，从第三首及诸诗虽有愤慨而情绪并不低落，且对形势尚认识不足（仅把攻击归因于忌才）的情况来看，此说可以成立。至于"沈范两尚书"在李商隐的生活中究竟指谁，其实并不重要。三首诗采用了两种形式，一首七绝，两首五言的南朝民歌体，体现了创作的随意性，而用清新质朴的南朝民歌体咏南朝诗人，也是很谐切的。

安定城楼[1]

迢递高城百尺楼,绿杨枝外尽汀洲[2]。
贾生年少虚垂涕,王粲春来更远游[3]。
永忆江湖归白发,欲回天地入扁舟。
不知腐鼠成滋味,猜意鹓雏竟未休[4]!

【注释】

1 安定:郡名,即泾州,在唐属关内道,为泾原节度使驻地,治所在今甘肃泾川县北。

2 迢(tiáo条)递:高远貌。汀(tīng厅)洲:水边平地和水中的沙渚。

3 贾生:西汉贾谊(前200—前168),《史记》、《汉书》均有传,云其"年少,颇通诸子百家之书",得文帝赏识,一年之中升迁至太中大夫,上《治安策》论政,文帝拟大用,但因遭保守老臣反对而作罢。后出为长沙王太傅,王堕马死,贾谊亦呕血而亡。垂涕:贾谊上疏陈政事,有"可为痛哭者一,可为流涕者二,可为长太息者六"等语,因所论未被采用,故曰"虚垂涕"。王粲:东汉末文人,建安七子之一。《三国志·魏书·王粲传》说他"年十七,司徒辟,诏除黄门侍郎,以西京扰乱,皆不就,乃之荆州依刘表"。在荆州作《登楼赋》,中有"虽信美而非吾土兮,曾何足以少留"之语。二句以贾谊、王粲自比。

4　"不知"二句：用《庄子·秋水》之典："惠子相梁，庄子往见之。或谓惠子曰：'庄子来，欲代子相。'于是惠子恐，搜于国中三日三夜。庄子往见之曰：'南方有鸟，其名鹓（yuān鸳）雏，子知之乎？夫鹓雏，发于南海而飞于北海，非梧桐不止，非练实不食，非醴泉不饮。于是鸱得腐鼠，鹓雏过之，仰而视之曰：吓！今子欲以子之梁国而吓我邪？'"庄子以鹓雏自比，以鸱比惠子，以腐鼠比权位利禄，义山借以比况自己的处境。

【解读】

李商隐于开成二年（837）进士及第，次年应博学宏词科考试，初选已录取，复审时却被"中书长者"以"此人不堪"的评语而刷落。不久，他便满怀愤懑去泾原节度使幕任职。到泾州后，某日登上城楼览眺，写下了这首诗。诗的首联叙登眺之事，先造成置身高峻、视界开阔之势。次联借历史人物感怀寄意，透露壮志难酬的悲愤与无奈。三联在以上充足的蓄势下推出，表达了作者建功立业的抱负、高洁脱俗的情操和功成而后身退的人生策略，因语言凝练铿锵，句式拗峭爽朗而被誉为"神句，乍读不易解"（清钱良择语）。北宋改革家王安石喜爱义山诗，"以为唐人知学老杜而得其藩篱者，惟义山一人而已"（《蔡宽夫诗话》），而"永忆江湖归白发，欲回天地入扁舟"就是他最激赏的一联。末联对猜忌诬陷者示以极端轻蔑，具有反击意味。作为一个诗人，能做的也就仅止于此了。

自 贶[1]

陶令弃官后,仰眠书屋中。
谁将五斗米,拟换北窗风[2]!

【注释】

1 自贶(kuàng 况):贶原为赏赐之意,自贶即自赠,且以自励也。

2 陶令:晋陶潜,字渊明,曾任彭泽令。《晋书·隐逸传》:"陶潜为彭泽令。郡遣督邮至县,吏白:'应束带见之。'潜叹曰:'吾不能为五斗米折腰,拳拳事乡里小人邪!'解印去县。尝言夏月虚闲,高卧北窗之下,清风飒至,自谓羲皇上人。"

【解读】

李商隐在弘农尉任上,干得不愉快,但辞职并未成功,继任的观察使姚合是个诗人,诚恳挽留他。但他又做了几个月,终于还是辞职了。这首诗反映了他初回家时的痛快心情。他以陶渊明自比,表现出一副桀骜不驯的姿态。虽然他后来为生活所迫,重出求官,但他性格中的这点刚性,还是值得重视的。诗写得短小精悍,口气斩截,与诗人心情贴合,纪昀说它是"率笔"(《玉谿生诗说》),正道中了它不事雕琢,一吐为快的风格。

崇让宅东亭醉后沔然有作[1]

曲岸风雷罢,东亭霁日凉[2]。
新秋仍酒困,幽兴暂江乡[3]。
摇落真何遽[4],交亲或未忘。
一帆彭蠡月,数雁塞门霜[5]。
俗态虽多累,仙标发近狂[6]。
声名佳句在,身世玉琴张[7]。
万古山空碧,无人鬓免黄[8]。
骅骝忧老大,鶗鴂妒芬芳[9]。
密竹沉虚籁,孤莲泊晚香[10]。
如何此幽胜,淹卧剧清漳[11]!

【注释】

1 崇让宅:李商隐岳丈王茂元家住洛阳崇让坊。东亭:崇让宅里一处亭园,面对荷池。沔(miǎn免)然:沉湎貌。

2 曲岸:指荷池的岸。霁(jì既):雨停。

3 江乡:即指东亭,或因此处有较大水面,故称。

4 摇落:秋来草木花叶等开始凋落。宋玉《九辩》:"悲哉秋之为气也,萧瑟兮草木摇落而变衰。"遽:匆促。

5　彭蠡（lǐ里）：指江西的鄱（pó婆）阳湖。《通典》："彭蠡在江州浔阳郡之东南，九江在西北。"塞门：泛指北方边塞。

6　仙标：高超如神仙般的标格和风神，与俗态相反。李白《春陪商州裴使君游石娥溪》："裴公有仙标，拔俗数千丈。"

7　玉琴张：《汉书·董仲舒列传》："琴瑟不调甚者，必解而更张之，乃可鼓也。"这里指宦途须改弦更辙。

8　鬓免黄：鬓发变黄是人老的标志，没人能避免鬓发变黄，即人都要老去。

9　骅骝：骏马。鹈鴂（tí jué 题决）：鸟名，即子规，一名杜鹃。屈原《离骚》："恐鹈鴂之先鸣兮，使夫百草为之不芳。"

10　籁：自然界草木、孔穴等受风发出的声音。李白《赠僧崖公》："一风鼓群有，万籁各自鸣。"泊：留驻。

11　剧：甚于。清漳：漳水，在今河北境内。刘桢《赠五官中郎将》："余婴沉痼疾，窜身清漳滨。自夏涉玄冬，弥旷十馀旬。"

【解读】

洛阳崇让坊王茂元宅，是李商隐的妻家，他曾不止一次留宿，在此写过多篇诗作。这首五言排律，据内容推测，应在茂元去世、妻王氏还在时创作，全诗情味既愤激又萧瑟，但无悼亡之意，与其他诸首不同。排律的体式要求全篇律句，除首尾二联外一律对仗，但严格的声律限制却成就了李商隐的诗才，这首佳作把秋日雨后园景和作者的酒后幽兴，把他的仕途困顿、理想抱负、耿介性格和一腔愁怨，表现得非常鲜明又非常艺术。诗从眼前景色写起，到"一帆"联，思绪突然拓开，让人感到作者襟怀的阔大高洁，连一向对义山最挑剔的纪昀，也承认这两句"最佳"（《玉谿生诗说》）。而"俗态"二联对个性的张扬，对文才的自信，悲愤中透着豪迈，道出了千古怀才不遇之士的心声，更不啻是本诗的主旋律、最强音。诗人也有深深的焦虑，那就是年龄渐长（怕鬓发变黄，忧骅骝老大，说明他此时还未真老），世态不利（鹓鸩暗喻妒忌陷害他的人），因而前途渺茫，这使他眼中的园景也涂上了忧愁之色，故"密竹"联写竹林不再喧哗，而孤莲偏顽强地散放香气。他不禁自问：身处如此清幽的亭园，为什么我的痛苦竟比被窜逐而淹卧于漳滨的刘桢还要厉害？全诗结构完整，情景交融，词藻秀美，刚柔相济，声律和谐，清人朱彝尊评为"意曲而达，语丽而陡，独有千古"（《李义山诗集辑评》），诚是也。

荆门西下[1]

一夕南风一叶危,荆门回望夏云时[2]。
人生岂得轻离别,天意何曾忌崄巇[3]!
骨肉书题安绝徼,蕙兰蹊径失佳期[4]。
洞庭湖阔蛟龙恶,却羡杨朱泣路歧[5]。

【注释】

1 荆门:盛弘之《荆州记》:"郡西泝江六十里,南岸有山曰荆门。"此即以之代指荆州。长江自荆门以下为荆江,西通巴峡,南入洞庭。西下:谓舟发荆州,朝东而下,古人有以东向为西下的说法。大中元年(847)李商隐随郑亚赴桂林,经荆门乘船沿江入洞庭而行,此诗即作于途中。

2 一叶:指小舟。"荆门"句:大中元年二月,郑亚被任为桂管观察使,五月抵任,经过荆门当在四月,故回望荆门正在夏云蔚起之时(用岑仲勉《玉谿生年谱会笺平质》说)。

3 崄巇(xiǎn xī 险西):山势险峻貌,引申为形容世路艰险危困。

4 书题:书信。绝徼:极边远处。蕙兰蹊径:长满香草的小路,比喻仕途。

5 洞庭湖:位于湖南,纳湘、资、沅、澧等水,浪阔难行，故曰"蛟龙恶"。杨朱：战国时人。《淮南子·说林训》："杨子见逵路（道九达为逵，即多歧路也）而哭之，为其可以南，可以北。"

【解读】

　　此诗是李商隐随郑亚远赴桂林时于途中所作，这时，他们的船已过了荆门，很快就要进入洞庭湖，想到前途的漫长艰险，诗人发出了由衷的感叹。首联回望荆门，实暗示他对来处（长安）的依恋，那里是首都，是家人所在的地方啊！次联切入主题："人生岂得轻离别"，然而不是照样离别了吗？"天意何曾忌崄巇"，老天爷他什么时候管过你路途艰险不艰险啊！对天意的不满，从语气中不难体会，因此也就透露出诗句的象征意味——这路途的艰险应当还指人生之路的坎坷不平吧。三联承上，写家人寄信叫他在外安心，可他远离京师，毕竟失去了仕途上更多的机会。末联故意发出怪论：洞庭湖阔，蛟龙凶恶，这时真羡慕那在歧路哭泣的杨朱，因为他是在陆地上，是很安全的。全诗写实与感慨交融，情深意远，层层深入，象征意味浓，用语有力度，拗折处甚至不失尖锐，所以感染力很强。

桂　林[1]

城窄山将压，江宽地共浮[2]。

东南通绝域，西北有高楼[3]。

神护青枫岸，龙移白石湫[4]。

殊乡竟何祷？箫鼓不曾休[5]。

【注释】

1　桂林：即桂州，唐属岭南道，为桂管观察使治所，今属广西壮族自治区。

2　"城窄"二句：桂林城小而周围多山，故有"山将压"之感。江，指漓江（即桂水）、荔水、阳江等。

3　绝域：极远的疆域乃至异国。高楼：指桂林城楼。"西北有高楼"是古诗成句。

4　"神护"二句：写景而笼罩神秘气息。白石湫，《明一统志》："白石湫在桂林府城北七十里，俗名白石潭。"

5　"殊乡"二句：写桂林民俗信奉鬼神，经常吹箫击鼓祭祀祷祝。殊乡，边远地方。

【解读】

这首五律写桂林风土民俗，是一个北方人初到南国的观感，所以新鲜甚至不免新奇。全诗仿佛都是客观描述，笔触细腻而厚重，措辞则精当凝炼，故纪昀赞其"字字精炼，气脉完足，直逼老杜"（《玉谿生诗说》）。而在看似冷静的描绘中渗透着不解的思乡之绪，更是此诗特色。开篇"城窄山将压"暗示心情沉重，次联"西北有高楼"明言向往京师，可与在桂林所写的另两句诗"异域东风湿，中华上象宽"（《北楼》）对看。末联问当地百姓箫鼓不休，究何所祷，言外之意：我这个离乡背井的苦人才真该有所祷呢！这层意思含蓄在对桂林乡俗的描写中，就增加了诗的容量和厚度。

骄儿诗[1]

衮师我骄儿,美秀乃无匹。
文葆未周晬[2],固已知六七。
四岁知姓名,眼不视梨栗。
交朋颇窥观,谓是丹穴物[3]。
前朝尚气貌,流品方第一。
不然神仙姿,不尔燕鹤骨[4]。
安得此相谓?欲慰衰朽质。
青春妍和月,朋戏浑甥侄。
绕堂复穿林,沸若金鼎溢。
门有长者来,造次请先出。
客前问所须,含意不吐实。
归来学客面,闭败秉爷笏[5]。
或谑张飞胡,或谑邓艾吃[6]。
豪鹰毛崱屴,猛马气佶傈[7]。
截得青筼筜,骑走恣唐突[8]。
忽复学参军,按声唤苍鹘[9]。
又复纱灯旁,稽首礼夜佛。
仰鞭罥蛛网[10],俯首饮花蜜。

欲争蛱蝶轻,未谢柳絮疾。
阶前逢阿姊,六甲颇输失[11]。
凝走弄香奁,拔脱金屈戌[12]。
抱持多反侧,威怒不可律。
曲躬牵窗网,略唾拭琴漆[13]。
有时看临书,挺立不动膝。
古锦请裁衣,玉轴亦欲乞。
请爷书春胜,春胜宜春日[14]。
芭蕉斜卷笺,辛夷低过笔[15]。
爷昔好读书,恳苦自著述。
憔悴欲四十,无肉畏蚤虱。
儿慎勿学爷,读书求甲乙。
穰苴《司马法》,张良黄石术[16]。
便为帝王师,不假更纤悉。
况今西与北,羌戎正狂悖。
诛赦两未成,将养如痼疾[17]。
儿当速成大,探雏入虎窟。
当为万户侯,勿守一经帙[18]。

【注释】

1　骄儿诗：骄儿指李商隐之子衮（gǔn 滚）师，作于大中三、四年（849—850）间，义山年近四十，衮师约六七岁。

2　文葆：即文褓，绣花的褓衣。周晬（zuì 最）：婴儿满一岁。

3　丹穴物：指凤凰。《山海经·南山经》："丹穴之山……有鸟焉，七状如鸡，五彩而文，名曰凤凰。"

4　"前朝"四句：前朝指魏晋南北朝时期，那时重门阀，尚气貌（讲究容貌器度），品评人物，常喜划分等第（所谓流品），风度潇洒者被誉为"神仙中人"，形貌雄杰者被喻为"燕颔鹤骨"。

5　阓（wěi 伟）败：破门而入。秉：持。笏：俗称朝板，官员上朝时持用。

6　张飞：三国蜀国大将。胡：多髯，俗称大胡子。邓艾：晋将，有口吃病。

7　崱屴（zé lì 则力）：山峰高耸貌，此借喻豪鹰毛羽耸立。佶傈：壮健貌。

8　箟筜（yún dāng 云当）：一种生于水边的大竹。"骑走"句：谓小儿骑竹马奔跑。

9　"参军"二句：唐代参军戏，有两个角色，一曰参军，扮演官员；一曰苍鹘，扮演仆人二人对答成戏。

10　罥（juān 眷）：挂。

11　六甲输失：谓与姊博戏失利。六甲，一种博戏，庾信《象戏赋》："马丽千金之马，符明六甲之符。"纪昀引虞裕《谈撰》曰："双陆之戏，最盛于唐，考其制，凡白黑各用六子，乃今人所谓六甲是也。"

12　凝（nìng佞）：要性子，非如此不可之意。金屈戍：用金属打制的钮环，今称合页。二句写衮师任性而顽皮，非要玩弄阿姊的首饰盒，并把合页拔出来。

13　峉（kè刻）唾：即咳唾。

14　春胜：明释道源注曰："春胜，春幡也，书春帖于上以迎新。"这是古时一种风俗。

15　"芭蕉"二句：斜卷笺纸如芭蕉之叶，把像辛夷（树名，又名木笔，其花苞如笔）似的毛笔递过去。

16　穰苴（ráng jū瓤居）：春秋时齐国大夫、军事家，其事迹见《史记·司马穰苴列传》，传曰："齐威王使大夫追论古者司马兵法，而附穰苴于其中，因号司马穰苴兵法。"穰苴司马法指此。张良：汉初功臣，拜为留侯，《史记·留侯列传》载其年轻时曾遇仙家黄石公，赠他《太公兵法》，张良黄石术指此，据说后来张良即以此助刘邦得天下。

17　"况今"四句：羌戎指党项、吐蕃等少数族，晚唐西北边地不宁，少数族常有扰边之举，唐朝派兵讨伐，战事连年不息。如《资治通鉴》载：宣宗大中元年（847）吐蕃诱党项及回鹘寇河西。次年，吐蕃军二万略地西鄙，直至四年，党项羌与吐蕃仍为患不已。这就是四句诗的现实背景。狂悖，狂妄而背理不法。诛赦，诛杀和赦免，指镇压和怀柔两种策略。两未成，软硬两手均未奏效。

18　万户侯：封地一万户的侯爵。帙（zhì 至）：书衣，即书的封套。

【解读】

　　李商隐得子较迟，爱子之心倍切，在将近四十岁时，写下了这首以骄儿为主角的五言古诗。诗的主体是对骄儿聪明秀逸风姿的赞赏和既活泼又好学的憨态的刻画，使人如闻其声，如见其动，而一个慈父的满腔爱心就随着他温柔的眼光流泻在字里行间。如果说这些内容，还有晋人左思的《骄女诗》可以借鉴和媲美，那么，诗的后半就是李商隐的新创了。在细腻地描写了衮师看父亲临帖"挺立不动膝"的专注，和对书卷装帧发生的浓厚兴趣，并给父亲铺纸递笔，请求他书写春胜等等行为之后，诗人不免想到：这孩子将来是否也是个像自己一样的读书种子呢？于是诗笔一转，忍不住写到了自己的不成功，并把这与国家的需要和孩子的未来联系了起来。诗人饱含辛酸否定了自己的文人生涯，谆谆叮咛衮师，希望他去学军事，学谋略，树立为帝王师的大志，希望他投身艰苦的斗争，以创造人生的价值！李商隐的愿望烙有鲜明的时代印记，更未必能够实现，但他的人生反思和一片爱子爱国之心，却可悯可敬。这也构成了中华文化优良传统的一部分。

九 日[1]

曾共山翁把酒卮,霜天白菊绕阶墀[2]。
十年泉下无消息,九日樽前有所思[3]。
不学汉臣栽苜蓿,空教楚客咏江蓠[4]。
郎君官贵施行马,东阁无因再得窥[5]。

【注释】

1 九日:指农历九月九日,俗称重阳节。

2 山翁:指晋人山简,他镇襄阳时,以耽酒出名,此借比令狐楚。李商隐在楚幕,楚饮酒,他常在旁,所谓"将军樽旁,一人衣白"(义山《奠相国令狐公文》)。把酒卮(zhī之):持杯饮酒。卮,酒杯。白菊:为令狐楚家所特有的稀罕菊种,刘禹锡《和令狐相公玩白菊》"家家菊尽黄,梁国(楚封梁国公)独如霜"可见。

3 "十年"句:令狐楚卒于开成二年(837),至商隐作此诗,已逾十年,举成数言之。

4 汉臣栽苜蓿:《史记·大宛列传》载汉通西域,得蒲陶(葡萄)酒、大宛马,马嗜苜蓿,汉引种蒲陶和苜蓿于内地,甚至离宫别观之旁。楚客咏江蓠:楚客指屈原,其《离骚》:"扈江离与辟芷兮",江离即江蓠,与辟芷(白芷)都是香草。义山以楚客自比。

5 郎君:指令狐楚之子令狐绹。行马:叶葱奇注引

《演繁露·行马》："晋魏以后,官至贵品,其门得施行马。行马者,一木横中,两木互穿,以成四角,施之于门,以为约禁也。"叶云清末民初衙署及大第者宅门两旁犹有设者,俗呼拒马叉子。(《李商隐诗集疏注》)东阁:《汉书·公孙弘传》:弘为宰相后"起客馆,开东阁以延贤人"。颜师古注:"阁者,小门也,东向开之,避当庭门而引宾客,以别于掾吏官属也。"

【解读】

本诗作时,当在上一篇前后。重阳把酒赏菊,李商隐不禁想起多年前令狐楚对自己的关爱与栽培,对比其父,官位渐高的令狐绹就显得狭隘小气了,自己虽屡启陈情,他却仍是不冷不热,难怪诗人要批评他不肯学引进西域有用之物的汉臣,而让怀才之士空自叹息。"不学"二句虽是用典,意思却很显豁,矛头所指明白无误。结句忍不住牢骚加讽刺,还有清醒的绝望。这诗倘让令狐绹看到,肯定要生气光火,从而对李商隐更为不利。主张写诗应温柔敦厚的论者也认为有"太讦"和"不避(令狐)楚讳"(诗中用了楚字)之弊,"皆不可之大者"(方东树《昭昧詹言》),然而,看来诗人是骨鲠在喉,顾不得那许多了。

偶成转韵七十二句赠四同舍[1]

沛国东风吹大泽[2],蒲青柳碧春一色。
我来不见隆准人,沥酒空馀庙中客[3]。
征东同舍鸳与鸾,酒酣劝我悬征鞍。
蓝山宝肆不可入,玉中仍是青琅玕[4]。
武威将军使中侠,少年箭道惊杨叶[5]。
战功高后数文章,怜我秋斋梦蝴蝶[6]。
诘旦天门传奏章[7],高车大马来煌煌。
路逢邹、枚不暇揖,腊月大雪过大梁[8]。
忆昔公为会昌宰[9],我时入谒虚怀待。
众中赏我赋《高唐》,回看屈、宋由年辈[10]。
公事武皇为铁冠,历厅请我相所难[11]。
我时憔悴在书阁,卧枕芸香春夜阑[12]。
明年赴辟下昭桂,东郊恸哭辞兄弟[13]。
韩公堆上跋马时,回望秦川树如荠[14]。
依稀南指阳台云[15],鲤鱼食钩猿失群。
湘妃庙下已春尽,虞帝城前初日曛[16]。
谢游桥上澄江馆,下望山城如一弹[17]。

鹧鸪声苦晓惊眠，朱槿花娇晚相伴。
顷之失职辞南风，破帆坏桨荆江中[18]。
斩蛟破璧不无意，平生自许非匆匆。
归来寂寞灵台下，着破蓝衫出无马[19]。
天官补吏府中趋[20]，玉骨瘦来无一把。
手封狴牢屯制囚，直厅印锁黄昏愁[21]。
平明赤帖使修表，上贺嫖姚收贼州[22]。
旧山万仞青霞外，望见扶桑出东海[23]。
爱君忧国去未能，白道青松了然在。
此时闻有燕昭台[24]，挺身东望心眼开。
且吟王粲从军乐，不赋渊明归去来[25]。
彭门十万皆雄勇，首戴公恩若山重[26]。
廷评日下握灵蛇，书记眠时吞彩凤[27]。
之子夫君郑与裴，何甥谢舅当世才[28]。
青袍白简风流极，碧沼红莲倾倒开[29]。
我生粗疏不足数，《梁父》哀吟鸲鹆舞[30]。
横行阔视倚公怜，狂来笔力如牛弩[31]。
借酒祝公千万年，吾徒礼分常周旋。
收旗卧鼓相天子，相门出相光青史[32]。

【注释】

1　偶成：犹漫成也。转韵：换韵，指诗非一韵到底，而是几句一换韵。四同舍：四位同僚。诗作于武宁军节度使卢弘止幕府，地在徐州（今属江苏）。

2　沛国：指汉高祖刘邦的家乡丰沛，《汉书·高帝纪》："高祖沛丰邑中阳里人也，姓刘氏。母媪尝息大泽之陂，梦与神遇，是时雷电晦暝，父太公往视，则见交龙于上，已而有娠，遂产高祖。"大泽：大的湖沼，据以上传说，便成了刘邦的发祥地，后来的所谓"斩白蛇起义"也发生在大泽中。

3　隆准：高鼻梁。《汉书·高帝纪》："高祖为人隆准而龙颜。"沥酒：醑酒祭奠。庙：指沛县的汉高祖庙。从"沛国"到"庙中客"四句一韵，下四句又一韵，全篇如此，直到篇末四句改为二句一韵。

4　征东同舍：指同去徐州幕府的同僚。蓝山：即蓝田山，在长安东南，出美玉。宝肆：珠宝店。青琅玕（láng gān 郎甘）：青碧色像珠玉似的石头。四句赞同僚美才并自谦。

5　武威将军：用古称代指节度使卢弘止。使中侠：节度使中有侠气的人物。少年箭道：用养由基善射事，喻指卢弘止武艺高强。《战国策》："楚有养由基者，善射，去柳叶者百步而射之，百发百中。"

6　秋斋梦蝴蝶：《庄子·齐物论》："昔者庄周梦为蝴

蝶，栩栩然蝴蝶也。"此喻理想如梦。

7　诘旦：即明旦、明朝。天门：唐节度使聘用幕僚需奏报朝廷，且挂署京衔，故曰"天门传奏章"。

8　邹、枚：邹阳、枚乘，汉梁孝王的门客。大梁：唐之汴州，古称大梁，即今河南开封。二句言冒雪路过汴州，顾不上拜揖那里的文士。

9　公：指卢弘止。会昌宰：会昌县令。会昌，唐天宝二载（743）分新丰、万年置会昌县，七载，改会昌为昭应县。

10　《高唐》：宋玉所作的《高唐赋》。屈、宋：屈原和宋玉。由年辈：犹如平辈，此喻可与屈、宋的创作才华相比。

11　武皇：指唐武宗。铁冠：古代御史所戴的冠，用铁为柱，《唐六典》："御史，大事则铁冠朱衣以弹之。"卢弘正在唐武宗会昌年间曾任御史中丞。历厅：过厅。会昌二年李商隐在秘书省任职，秘书省与御史台办公地点相对，当时二人有所往来。请：存问也。

12　书阁：指秘书省藏书处。芸香：一种香草，夹在书中用来防蠹。

13　赴辟：接受聘用。昭桂：昭州，在唐属桂州刺史管辖，故称昭桂，在今广西。东郊：指长安东郊。恸哭：即痛哭。兄弟：指义山之弟羲叟。

14　韩公堆：道源注引《长安志》："韩公堆，驿名，在蓝田县南二十五里。"跋马：勒马使回转也。秦川：指关中，长安周围一带均可称之，今犹有"八百里秦川"之说。荞：一种野菜。

15　阳台云：语出宋玉《高唐赋序》："昔者先王尝临高唐，怠而昼寝，梦见一妇人，曰：'妾巫山之女也……妾在巫山之阳，高丘之阻，朝为行云，暮为行雨，朝朝暮暮，阳台之下。'"

16　湘妃庙：即黄陵庙，为纪念娥皇、女英而建，在今湖南湘阴县。虞帝城：指虞舜庙，在桂林。二句谓春尽时在湖南，夏时已抵桂林。

17　谢游桥、澄江馆：桂林的两处风景点。山城：指桂林。

18　"顷之"二句：指大中二年（848）郑亚贬循州刺史，义山也离职（失职）北返事。荆江，长江在荆州的一段。参《荆门西下》诗注。

19　灵台：司天台，位在长安永宁坊，见《旧唐书·职官志》。此借指李商隐回长安后住地。蓝衫：青袍。商隐返京后，先被任周至尉，随即改京兆府法曹参军，官九品，著青袍。

20　天官：指吏部。补吏：选补官员。

21　狴（bì必）牢：监狱。屯：拘押。制囚：按君主制令拘捕的犯人。直厅印锁：在府厅值班夜宿，管理印锁等物。这都是法曹参军职内的事。

22　赤帖：书写贺表的红色纸帖。嫖姚：西汉霍去病曾为嫖姚都尉，随大将军卫青击匈奴，此代指大中三年

（849）收复河湟三州七关的将士。贼州：指河湟数州，因长期沦于吐蕃而称。

23　旧山：指作者家乡的王屋山，其支脉玉阳山，商隐年轻时曾在此学道，故称旧山。扶桑：神话传说中的东海神木，太阳栖止处。王屋山绝顶天坛，可见日出扶桑的景象，极言其高。

24　燕昭台：战国时燕昭王筑台，置千金于其上，以招徕天下贤才，后称燕昭台或黄金台。事见《战国策·燕策》。以此比喻卢弘止镇徐州广招人才。

25　王粲从军乐：建安七子之一的王粲有《从军诗》谓"从军有苦乐，但问所从谁"。渊明归去来：晋诗人陶渊明解印去官后，有《归去来辞》，抒写归隐之志。二句说自己乐于从军，不想隐居。

26　彭门：徐州古称彭门。二句说徐州军士英勇，而且忠于卢弘止。

27　廷评：原为汉代官名，借指唐之大理评事，唐幕僚常带此京衔。书记：幕府中的文书官。廷评、书记指商隐的幕府同僚，此时他的职位是节度判官。握灵蛇、吞彩凤：比喻同僚们文才可观。语出曹植《与杨德祖书》："人人自谓握灵蛇之珠。"《晋书·罗含传》："（含）尝昼卧，梦一鸟，文彩异常，飞入口中，因惊起……自此后藻思日新。"

28　"之子"二句：是说幕府中有郑、裴、何、谢四位同僚，亦即本诗所赠的四同舍。之子，语出《诗经》。

夫君，语出《楚辞》。何甥，出《南史·宋武帝本纪》："何无忌，刘牢之外甥。"谢舅，冯浩注以为指谢安，其甥羊昙多才。

29　青袍白简：意谓同舍们官阶不高。白简，用竹或木做的笏。红莲：用莲幕之典，《南史·庾杲之传》谓时人以庾入王俭幕府为"泛渌水，依芙蓉"，如入莲花池，后将幕府美称莲幕。此形容卢弘止幕人才之盛。

30　《梁父》：《梁父吟》，乐府曲调，本为葬歌。《三国志·诸葛亮传》："亮躬耕陇亩，好为《梁父吟》。"李白亦作《梁甫吟》抒怀。鸲鹆（qú yù 渠裕）舞：当是一种模拟鸲鹆动作的舞蹈。晋人谢尚风流倜傥，能作鸲鹆舞，丞相王导深器之，某日兴起，谢尚即着衣帻应节而舞，旁若无人。事见《晋书·谢尚传》。

31　牛弩：巨弓、硬弓。《玉海》："唐时西蜀有八牛弩。"当是需用大力才能拉开的硬弓。此句自言，对文才笔力充满自豪。

32　相门出相：古有"相门出相，将门出将"语，见《史记·孟尝君列传》。据《新唐书·宰相世系表》卢氏四房，大房、二房、三房皆有宰相，弘止属四房，尚无宰相，故祝颂之。

【解读】

这首七言古诗作于大中四年（850）春，李商隐到徐州卢弘止幕不久，是写赠幕中四位同僚的。它有几个明显特点，一是篇幅较长，七十二句，又可叫三十六韵，诗体七古而近七律；二是通篇四句一转韵，末两联更二句转韵，且韵脚平仄相间，造成铿訇镗鞳、苍茫陡健、夭矫如龙的气势；三是侧重叙事，但并非直说，而是多用典语比拟，通过语感抒情达意；四是一变义山诗的感伤风调，出之以热烈昂扬，表现出义山性格的另一面。开篇四韵叙创作缘起，再四韵述应聘离京赴徐过程。"忆昔"以下二十韵追叙与府主的关系，同时也就把近年来的生活状况向四同舍做了介绍，这一长段以"忆昔"、"明年"、"顷之"、"归来"、"此时"领起各节，把重入秘书省、远赴昭桂、返京任职和应聘徐幕的经历叙述得脉络分明。接下去两个四韵，先赞徐幕文武同僚，后述自身秉性才情，最后对府主卢弘止致以衷心祝福。全诗章法谨严，意象灵动，神清气旺，语丽词华，得到诗评家普遍赞赏，如冯浩曰："顺序中变化开展，语无隐晦，词必鲜妍，神来妙境，本集中少有匹者。"（《玉谿生诗集笺注》）管世铭曰："开合挫顿中，一振当日凡庸之习，三百年之后劲也。"（《读雪山房唐诗序例》）但有些方面诸家的体会也有不同，纪昀说"此诗直作长庆体"，甚至超元、白而上之（《玉谿生诗说》），冯浩却认为"此篇音节殊类高、岑"，张采田也附和其说。究竟此诗风格与何人何派相近，看来需要认真讨论一番。

房中曲[1]

蔷薇泣幽素,翠带花钱小。

娇郎痴若云,抱日西帘晓[2]。

枕是龙宫石,割得秋波色[3]。

玉簟失柔肤,但见蒙罗碧[4]。

忆得前年春,未语含悲辛[5]。

归来已不见,锦瑟长于人[6]。

今日涧底松,明日山头檗[7]。

愁到天地翻,相看不相识[8]。

【注释】

1 房中曲:周代即有房中曲,汉则有房中词、房中歌,此借其名以抒写面对空房的悲伤,实即悼念亡妻,冯浩曰:"集中悼亡诗始此。"(《玉谿生诗集笺注》)

2 娇郎:义山自指,或当日夫妻间有此戏称。痴若云:极度悲伤使人头脑一片空白,如天上飘荡的云。"抱日"句:于是倒床而卧,昏睡到日照西帘,还以为是刚刚天亮。

3 "枕是"二句:醒来后看枕,枕是龙宫宝石所制,上面仿佛留着妻子的颜色。秋波,可指眼神,然此乃以眼神一端代指全身。

4　玉簟（diàn 店）：精制的竹席，其细腻如玉。柔肤：柔嫩的皮肤，亦以一端代指其妻全体。"但见"句：席上已无其人，惟有罗被依旧。罗碧，碧色罗绮所做的被子。

5　"忆得"二句：大中三年（849）李商隐在京供职，二人曾团聚，妻子常未语而含悲。

6　归来：指大中五年（851）徐州府罢回到长安，其时妻王氏已亡故。锦瑟：瑟是一种弦乐器，弦数可有不同，以二十五弦者居多。锦瑟者，绘文如锦之瑟也。王氏善鼓瑟，故曰"长于人"。二句写物在人亡之感。

7　涧底松：用左思《咏史》"郁郁涧底松"语，形容自己沉沦下僚。"明日"句：谓从今起更要如山头黄柏尝尽苦味。檗（bò 簸），黄檗，即中药黄柏，味苦。

8　天地翻：天翻地覆。"相看"句：意谓到那时即使相见，也许都不认识了吧？

【解读】

李商隐妻王氏于大中五年去世，从此悼亡成了诗人创作的一大主题，本篇即是他第一首悼亡之作。诗用五古形式，无需讲究对偶声律，风格显得古朴而本色，更有利于抒写悲情。全诗以人去房空、物是人非为基调，运用许多富于色彩的细节舒泄悲痛，就连开篇两句，也是以赋代兴，既是实景，又含比兴。作者的深情更于用字上流露出来，如写蔷薇曰"泣"，娇郎曰"痴"，写悲辛之深

"含",而秋波色乃"割得",柔肤则是"失"去,其中均有深意在焉。结尾却是放声悲鸣,似有呼天抢地、痛不欲生之感。中国古人婚前写爱情诗的极少,正如俗话所说:先结婚后恋爱。一旦妻子死了,往往倒引出些感情浓至的悼亡之作,著名的如元稹的《遣悲怀》和苏轼的《江城子》(十年生死两茫茫)。这些,和李商隐的悼亡诗,就该算是中国特色的爱情诗了。

七月二十九日崇让宅宴作[1]

露如微霰下前池[2],风过回塘万竹悲。
浮世本来多聚散,红蕖何事亦离披[3]?
悠扬归梦惟灯见,濩落生涯独酒知[4]。
岂到白头长只尔?嵩阳松雪有心期[5]。

【注释】

1 崇让宅:洛阳崇让坊王茂元的住宅。此诗是李商隐妻王氏去世后,他在崇让宅所作。

2 微霰(xiàn线):极细小的雪珠。

3 红蕖(qú渠):红色的莲花。离披:枯萎散乱貌。

4 濩(huò获)落:亦作瓠(hú胡)落,廓落不合实用之意,语出《庄子·逍遥游》中惠子语:"魏王贻我大瓠之种,树之成,而实五石,以盛水浆,其坚不能自举也;剖之以为瓢,则瓠落无所容。"杜甫诗有"居然成濩落"之句(《自京赴奉先咏怀五百字》)。

5 长只尔:总是如此。嵩阳松雪:嵩山为学道处,此更以松雪喻高士风标也。嵩阳,中岳嵩山在河南登封县。唐神龙元年改登封为嵩阳,山上有岳祠和嵩阳宫,为道家修行之处。心期:内心的期待与约定。

【解读】

　　妻亡后李商隐曾到洛阳崇让宅居留，此是与王氏兄弟小宴后所作，虽未明言悼亡，而实将悼亡与悲己融为一体而咏之。诗中流荡着深沉的人生哀痛，因内心悲伤，故眼见之景无不凄凉，清露如霰而寒，万竹低吟似泣，红蕖零落传哀，孤灯独明证愁，其实都是他主观的感觉。二、三两联概括平生，凝练厚重，不但直抒己怀，竟是代千秋落魄者诉恨；而对法灵活，句式变化，尤注重声调，双声（"悠扬"）叠韵（"离披"、"濩落"）的运用更使诗情悠长缠绵，令人吟之不能不与诗人同悲。至于善以虚字斡旋，加强转折（次联与尾联），确如纪昀所言"已开宋派"（沈厚塽《李义山诗集辑评》）。惟尾联稍弱，义山诗通病也。

夜 冷

树绕池宽月影多，村砧坞笛隔风萝[1]。
西亭翠被馀香薄，一夜将愁向败荷[2]。

【注释】

1 村砧：村里捣衣的砧声。坞（wù 勿）笛：坞是聚居着民户的土堡，坞笛是从那里传来的笛声。

2 西亭：叶葱奇注云：唐人对园庭中不与正房毗连的小阁、小房也称作"亭"。如司空图的"修史亭"，义山诗中提及的"骆氏亭"、"晋昌亭"等。（《李商隐诗集疏注》）据义山诗，此西亭当在崇让宅中。

【解读】

题为《夜冷》，而实与先后所作的《昨夜》、《西亭》，同为悼亡。其情绪则与《七月二十九日崇让宅宴作》一致，很可能是同一时期的作品。这几首诗都写得情深意挚，特选此篇以概其余。叶葱奇《李商隐诗集疏注》对本诗的阐释最为简洁别致，略引如下：这是悼亡诗。首句借景物的空虚兴起。次句"村砧"暗指村妇，"坞笛"暗指农人，言外是怅叹乡村男女犹自适然偕老，而自己竟一身孑然，妙在若出无意，淡然无迹。西亭是义山夫妇曾住过的地方，故云其被至今仍有馀香。末句芙蕖落后，剩下半枯荷叶还能持续多少时间？丧偶后的多病之身，自知也不复能久，所以凄然同"败荷"共鸣，语意悲怆，哀婉欲绝。叶氏挖掘诗意或有求深求曲之处，但值得我们认真参考。

西南行却寄相送者[1]

百里阴云覆雪泥,行人只在雪云西。
明朝惊破还乡梦,定是陈仓碧野鸡[2]。

【注释】

1 西南行:指大中五年随柳仲郢赴梓州(唐属东川节度使管辖,今四川三台县)之行程。

2 陈仓:《旧唐书·地理志》载:凤翔府宝鸡县,隋陈仓县,至德二年改。据史载传说:陈仓有宝鸡神,"其神……来也常以夜,光辉若流星,从东南来集于祠城,则若雄鸡,其声殷云,野鸡夜雊"(《史记·封禅书》)。又《汉书·郊祀志》:"宣帝即位……或言益州有金马碧鸡之神,可醮祭而致,于是遣谏大夫王褒使持节而求之。"所谓碧野鸡,即碧鸡、神鸡也,而在诗中又实指旅次所闻啼鸣之鸡。

【解读】

首联迭用"阴云"、"雪泥"、"雪云"字样,营造浓郁阴寒气氛,渲染行人之苦;次联将神话传说与现实境况巧妙相接,拟想明早被鸡叫催醒,必仍缠绵于还乡梦中。纪昀评为"以风致胜。诗固有无所取义而自佳者。"(《玉谿生诗说》)诚然。

望喜驿别嘉陵江水二绝[1]（其二）

千里嘉陵江水色，含烟带月碧于蓝。
今朝相送东流后，犹自驱车更向南[2]。

【注释】

1 望喜驿：在广元县（今属四川）之南，冯浩注引《广元县志》云："南去有望喜驿，今废。"嘉陵江：《太平寰宇记》："嘉陵水一名西汉水，又名阆中水……源出秦州嘉陵谷，因名。"

2 "今朝"二句：李商隐随柳仲郢入蜀，前往梓州，经望喜驿往西南行，而嘉陵江水乃向东流，故与之作别。

【解读】

此诗纪行，动感显然，然亦多情。一路行来，既已与嘉陵江山光水色结下深深情谊，一旦作别，能不依依？第二句写嘉陵江水碧蓝澄澈而夜色中观之尤佳，这或者就是诗人恋之甚深的缘故？诗中虽有淡淡哀愁，但山水的美感似更为突出。有的注家刻意深挖寄寓，反喧宾夺主矣。

杜工部蜀中离席[1]

人生何处不离群,世路干戈惜暂分。
雪岭未归天外使,松州犹驻殿前军[2]。
座中醉客延醒客,江上晴云杂雨云。
美酒成都堪送老,当垆仍是卓文君[3]。

【注释】

1 杜工部:即杜甫,因其在蜀时,曾挂"检校工部员外郎"衔,故称。诗题意谓拟杜工部体而作蜀中离席诗也。

2 雪岭:雪山,指松州一带高山,即岷山,俗称大雪山。松州:其地在今四川松潘地区,在唐为松州都督府,实为羁縻州,晚唐时,吐蕃、党项常与唐争夺之,故朝廷常派遣使臣前往斡旋,有时亦派兵征讨。未归天外使者,出使之朝臣尚未成功归来也。犹驻殿前军者,边境还驻扎着神策军等朝廷军队。

3 当垆(lú卢):垆是置放酒坛的泥座,卖酒者站于其后,称为当垆。卓文君:西汉富家女,寡居,与司马相如私奔,在临邛(今四川崃县)亲自当垆卖酒。(《史记·司马相如列传》)

【解读】

　　李商隐在东川幕府，曾奉命去西川（治所在成都）推狱（协同审理案件），事毕返回前，同僚设宴相送，他在席上仿效杜诗沉郁顿挫的风格做了此诗，时当大中六年（852）春。诗从眼前的离别写起，而用"人生"、"世路"字样，便显得笼括宏大，感慨深沉，笔势矫健，可以说一开篇就表现出了杜诗风调。中二联是全诗主干，颔联受杜甫"烟尘犯雪岭，鼓角动江城"（《岁暮》）"剑阁星桥北，松州雪岭东"（《严公厅宴同咏蜀道画图得空字》）等句启发，遐想西疆，担忧国势；颈联写宴席所见，有实有虚，引人遐想。因是律诗，在语言上也极为考究，"雪岭"一联语序错综别致，顺言则是雪岭使者尚未从天外归来，殿前军犹驻扎松州也。"座中"一联当句有对，且每句重复二字，音节回环，既合实情（席上惟醉客会固延醒客，而作者正是醒客），又绘极美之虚景，其技纯法杜体。末谓成都既有美酒，复有美女，真堪长住终老，而今却要告别，结到"离席"题面，感谢、辞行、惜别及告慰同席诸种含义浑成一体矣。

二月二日[1]

二月二日江上行，东风日暖闻吹笙。
花须柳眼各无赖，紫蝶黄蜂俱有情。
万里忆归元亮井[2]，三年从事亚夫营[3]。
新滩莫悟游人意，更作风檐夜雨声。

【注释】

1 二月二日：《全蜀艺文志》："成都以二月二日为踏青节。"梓州当亦如此。

2 元亮：晋诗人陶潜，字元亮。陶潜《归园田居》诗有"井灶有遗处，桑竹残朽株"之句。

3 亚夫：西汉将军周亚夫，驻地细柳营，以军纪严明著称。见《汉书·周亚夫传》。此以周亚夫比东川节度使柳仲郢。

【解读】

大中七年（853）春，蜀地踏青节，诗人到江边游玩，春光明媚喜人，却不禁勾起他深深的思乡之情。首联叙事，语调轻快；次联写景，互文见义，"无赖"者其实也是出于"有情"。笔触及于花须柳眼，观察之细腻可知，而蜂蝶之款款多情，则使骀荡春光溢出纸面。三联归到自身：在梓不觉三载，何时忘怀故园！自然贴切的用典，使诗意愈加深沉厚重。尾联面对一江春水聊发感慨，把水过浅滩之声与风檐夜雨之声联想，完足乡思愁绪难解的抒写。此诗并未标榜学杜，但我们读来与老杜在浣花草堂所作诸诗风格极像，历代评家亦几乎一致肯定其"何所不如杜陵！""此诗似杜公。""此等诗，其神似老杜处，在作用不在气调。"（分别见王夫之《唐诗评选》、何焯《义门读书记》、方东树《昭昧詹言》）可见读诗的感受虽人各不同，但毕竟还是可以相通，因而是有公论的。

写 意

燕雁迢迢隔上林[1]，高秋望断正长吟。

人间路有潼江险，天外山惟玉垒深[2]。

日向花间留返照，云从城上结层阴。

三年已制思乡泪[3]，更入新年恐不禁。

【注释】

1 上林：指上林苑，原为秦苑，汉武帝增扩之，其地在长安、鄠（hù户）县、盩厔（zhōu zhì周至）境内。此以之代指京师。

2 潼江：即梓潼江，在梓州。《元和郡县图志》卷三十三："梓州射洪县有梓潼水，与涪江合流，急如箭，奔射涪江口。"玉垒：山名，在彭州导江县（今四川灌县）西北。

3 三年：指大中五年至七年，李商隐在梓州幕中。制：节制、制约。

【解读】

写意也就是抒情、述怀。身在距京师近两千里路程的梓州，李商隐不可排解的是他的思乡（思京）情结，这个主题固已于诗之首尾，特别是第七句明确道出。然颔、颈两联所蕴含义又似不限于此，"人间"一联有从一己体验推扩为世路艰险的概括意义，而"日向"一联则又象征着与自己一样的落魄者乃至整个时代的现状和未来。从切身感受出发而联想广远、思虑深刻，笔法苍老而使人涵咏不尽，这正是老杜晚年风格。难怪方东树要强调说此诗句法、章法皆似杜（《昭昧詹言》），而钱良择更评曰："此等诗气韵沉雄，言有尽而意无穷，少陵后一人而已。"（《唐音审体》）

杨本胜说于长安见小男阿衮[1]

闻君来日下[2],见我最娇儿。
渐大啼应数,长贫学恐迟。
寄人龙种瘦,失母凤雏痴[3]。
语罢休边角[4],青灯两鬓丝。

【注释】

1 杨本胜:杨筹,字本胜,杨汉公之子,见《旧唐书·杨汉公传》。大中七年十月由长安来到梓州,曾向义山请教作文之法,见李商隐《樊南乙集序》。阿衮:即衮师。

2 日下:指京师。《晋书·陆云传》载陆云与荀隐初次见面互通姓名时,陆说:"云间陆士龙。"荀答:"日下荀鸣鹤。"荀乃颍川人,其地靠洛阳(西晋首都)为近,故云"日下",后遂用为典故。

3 龙种、凤雏:均指衮师,《晋书·陆云传》:"闵鸿见(云)而奇之,曰'此儿若非龙驹,定是凤雏'。"

4 休边角:边城军营的号角声将歇,谓时甚晚也。

【解读】

老乡见老乡,两眼泪汪汪。李商隐见到来自长安的杨本胜,最关切的莫过于娇儿衮师:他常哭吗?上学了吗?

瘦了吧，有点任性吧？……肯定是问不够，并且难免边问边抹泪。不知不觉时间已晚，客人走后，只剩两鬓斑白的诗人对着青灯独坐。全诗娓娓写来，结句富于情致，为纪昀所激赏，评曰："结得有馀不尽，异乎元、白之竭情"（《瀛奎律髓刊误》引），就是肯定他的含蓄蕴藉。

夜雨寄北[1]

君问归期未有期,巴山夜雨涨秋池[2]。
何当共剪西窗烛,却话巴山夜雨时。

【注释】

1 夜雨寄北:诗题一作夜雨寄内,虽一字之差,但所寄的对象却有了不同,寄内是寄给妻子,寄北则范围较宽,可以是寄给妻子,也可以是寄给其他友人。据李商隐留滞巴蜀较久而思归不得的行迹来看,诗当作于大中五年至十年在梓州幕府时,特别是后几年。而此时其妻已亡,寄内就失去了可能。

2 巴山:《明一统志》:"四川保宁府(今阆中县)有大巴岭,与小巴岭相接,世传九十里巴山是也。"诗中泛指巴蜀之山。

【解读】

此是义山脍炙人口的名篇,历代论者与一般读者无不激赏。其妙处盖在于以举重若轻之笔,述思乡之念、怀友之情,既轻灵洒脱,又缠绵悱恻,诗语回环往复而不失自然,首句"君问归期"与"未有期"是个小回环,二句与四句两"巴山夜雨"则形成大回环,而以"西窗剪烛"的遐想将今日之相思与他日之相聚、句内小回环与篇中大回

环相绾结，乃造成悠长不尽、含蓄深沉的意境，令人一读即不能忘。何焯用义山诗句"水精如意玉连环"（《赠歌妓二首》之一）来命名此种句法，并说"荆公（王安石）屡仿此"（《李义山诗集辑评》）。而吴世昌先生论词中长调的章法，比较常见的有两种，都来自唐诗，一是以周邦彦《瑞龙吟》为代表的"人面桃花"型，一个便是以柳永《引驾行》为典型的"西窗剪烛"型——"从现在设想将来谈到现在"或曰"推想将来回忆到此时的情景"。（《罗音室学术论著》第二卷或《吴世昌全集》）可见义山此诗影响之深远。

梓州罢吟寄同舍[1]

不拣花朝与雪朝，五年从事霍嫖姚[2]。
君缘接坐交珠履，我为分行近翠翘[3]。
楚雨含情皆有托，漳滨多病竟无憀[4]。
长吟远下燕台去，惟有衣香染未消[5]。

【注释】

1 罢：指柳仲郢罢东川节度使任入朝，李商隐也罢去幕府之职。时在大中九、十年之交（856—857）。

2 不拣：即不管、无论之意。花朝：春日。雪朝：冬日。以此概指一年四季。从事：指任职。霍嫖（piáo 瓢）姚：指霍去病，西汉票（嫖）姚校尉，随卫青出塞征匈奴立功，事见《汉书·霍去病传》。此喻节度使柳仲郢。

3 接坐：接席而坐。珠履：缀有珠子的鞋履，《史记·春申君列传》："春申君客三千馀人，其上客皆蹑珠履以见赵使。"分行（háng 航）：按等级而列坐。翠翘：本指翠鸟尾部的长羽，妇女用其为首饰，此即以喻营妓。

4 楚雨：用宋玉高唐神女典，所谓"旦为朝云，暮为行雨，朝朝暮暮，阳台之下"，以喻营妓，戏谓她们个个都很多情，并都有了可托之人。漳滨多病：用刘桢卧病漳滨典，以喻自己。无憀（liáo 聊）：同无聊。

5 燕台：用燕昭王黄金台典，《白氏六帖》云："燕昭王置千金于台上，以延天下士，谓之黄金台。"这里喻指梓州幕府。衣香：三国荀彧喜香，每至人家，坐处三日香，事见习凿齿《襄阳记》。此喻己在柳仲郢幕府，亦受到优渥待遇，如沾得荀家衣香。

【解读】

李商隐到梓州幕府后，府主柳仲郢对他深为器重和关照，曾要将一个叫张懿仙的营妓给他续弦，李商隐写信恳辞，那就是著名的《上河东公启》。从这首诗看，幕府生活中，文士与营妓的交往大概不少，次联用互文法，既谓君与我都因与府主接座而得识贵客，也都常有机会亲近营中歌妓。三联承上，却是对照着写来：歌妓个个含情，都找到了托付终身的人（换言之，即同舍们纷纷成了歌妓的依靠，此语含夸张戏谑意），只有我因多病对此感到无聊。末联将梓州幕府比作燕昭王黄金台，对府主表示了感激之意，如今要离去了，但他对我的顾惜之恩，我将久久不忘，犹如衣上所沾染的香气长久不消。作为一首告别诗，叙生活，论友情，道别后怀想之意，内容大抵如此。但第五句"楚雨含情皆有托"，有的诗评家认为是"《无题》注脚"（何焯），是自明"诗有寄托"（屈复），甚至是"借夫妇以喻君臣"（纪昀），这是论者的引申，并非作者原意，冯浩就不同意这些说法。但若说清楚，这是引申，是借喻和象征以说明对《无题》诗的理解，则无妨聊备一说——可算是后世读者探索义山《无题》诗内涵之一得。

有 感

中路因循我所长[1],古来才命两相妨。
劝君莫强安蛇足,一盏芳醪不得尝[2]。

【注释】

1 中路:中途。宋玉《九辩》:"然中路而迷惑兮,自厌按而学诵。"嵇康《养生论》:"志以厌衰,中路复废。"因循:一般作守旧解,所谓因循守旧;此处有悠闲自得、放旷不羁意,与钻营、趋竞义相反。

2 "劝君"二句:《战国策·齐策》:"楚有祠者,赐其舍人一卮酒。舍人相谓曰:'数人饮之不足,一人饮之有馀。请画地为蛇,先成者饮酒。'一人蛇先成,引酒且饮之,乃左手持卮,右手画蛇曰:'吾能为之足。'未成,一人之蛇成,夺其卮曰:'蛇固无足,子安能为之足?'遂饮其酒,为蛇足者终亡其酒。"芳醪(láo 劳),美酒。

【解读】

李商隐喜以《有感》为题做诗,这是其中之一,主旨是对某次行事的检讨和懊悔。观其诗意,云自己本是潇洒散淡之人,无意于仕途争竞,只因富于才华,而做事又过于求好,最终反落得劳而无功、一无所获的下场。其恨实有三个层次：一是画蛇不该添足；二是根本就不该违背本性去画蛇，以上是悔恨；三是怨恨，怨恨画蛇夺酒的游戏规则，实际上也就是怨恨世道和仕途经济。回看自身，真正让他慨叹的，乃是"才命相妨"这自古不变的无情规律——"文章憎命达，魑魅喜人过"，有才者往往命运不佳，他也只能如此自慰了。至于他究竟为何事而发，已无法也无必要追寻，作者既未说出，那就只能是千古之谜了。

有 感

非关宋玉有微辞,却是襄王梦觉迟[1]。
一自《高唐》赋成后,楚天云雨尽堪疑[2]。

【注释】

1 宋玉:战国楚人,事楚襄王。微辞:委婉含蓄之辞,多用于批评建议。宋玉《登徒子好色赋》:"大夫登徒子侍于楚王,短宋玉曰:'玉为人体貌闲丽,口多微辞,又性好色……'玉曰:'体貌闲丽,所受于天也;口多微辞,所学于师也。至于好色,臣无有也。'"

2 "一自"二句:宋玉《高唐赋序》云:昔者楚襄王与宋玉游于云梦之台,玉向襄王叙述先王梦游高唐,与巫山神女相会,神女临行说:"妾在巫山之阳,高丘之阻,朝为行云,暮为行雨,朝朝暮暮,阳台之下。"襄王乃命宋玉赋之。此二句谓襄王昏愦,又亟念巫山神女,自从宋玉《高唐赋》完成,他看到楚天每一片云、每一滴雨,都以为是神女降临了。

【解读】

李商隐写过不少批评讥刺现实的诗作,风格比较委婉含蓄,那些被讽刺的对象昏愦得很,迟迟无所觉悟;而社会上却产生误会,怀疑他任何一首诗都含有讽刺。本诗所

言，大意如此。作者的意图是澄清问题，希望消除误解，其范围当然包括《无题》诸诗，但不限于此。有的注家总想落实其具体所指，思路未免褊狭，论断难中肯綮。

锦 瑟[1]

锦瑟无端五十弦,一弦一柱思华年[2]。
庄生晓梦迷蝴蝶[3],望帝春心托杜鹃[4]。
沧海月明珠有泪[5],蓝田日暖玉生烟[6]。
此情可待成追忆[7]?只是当时已惘然。

【注释】

1 锦瑟:髹漆装饰美丽而贵重的瑟,一种多弦的弹拨乐器。李商隐妻王氏善鼓瑟,见《房中曲》诗及注释。本诗以锦瑟起兴,并取首二字为题,实等于无题。全诗对平生作回顾和慨叹,是义山晚年的作品。

2 无端:没来由的。瑟之弦数有多种,五、十五、二十三、二十五,乃至五十均有,如《世本》谓:"瑟,庖牺作,五十弦。"《汉书·郊祀志》谓:"泰帝使素女鼓五十弦瑟,悲,帝禁不止,故破其瑟为二十五弦。"李商隐面对的是五十弦瑟,弦数可能恰与其此时年岁相近,"无端"有"何以巧合如此"之意,既表诧异,亦含悲怆。柱:瑟之两端用以系弦的小木桩。华年:即妙年、盛年,青春年华之意,至宋词遂有"锦瑟华年"的说法。

3 "庄生"句:庄生即战国思想家庄周。晓梦:白日做梦。《庄子·齐物论》:"昔者庄周梦为蝴蝶,栩栩然蝴蝶也，自喻适志欤，不知周也。俄然觉，则蘧蘧然周也。"庄子之梦的意义在于现实与梦幻的错位和混淆，义山回顾平生亦大有如梦似幻、真幻难辨之感。

4　"望帝"句：据《华阳国志·蜀志》、《文选·蜀都赋注》引《蜀记》及《成都记》，皆云：古蜀有王曰杜宇，后称帝，曰望帝。望帝杜宇死，其魂化为鸟，名曰杜鹃，一曰子规。春来子规啼鸣，直至唇吻出血而不止。蜀人闻子规鸣，皆曰是望帝也。春心，春情萌动之心，引申为对国家、世事、人生和理想抱负的关怀之思。此句意谓即使化为异物，理想抱负及其未能实现之悲痛亦不会泯灭，而作者实以望帝自比。

5　"沧海"句：张华《博物志》载："南海外有鲛人，水居如鱼，不废织绩，其眼能泣珠。"又有传说云：鲛人曾寄寓人家，临去，泣珠满盘以谢主人。此句以月明海上鲛人泣泪化珠的故事，表达"沧海遗珠"（喻怀才不遇）、"珠含热泪"（喻诗作哀婉多情）等复合意象。

6　"蓝田"句：蓝田山在今陕西蓝田县，山中产玉，也称玉山。司空图《与极浦书》："戴容州（叔伦）云：'诗家之景如蓝田日暖，良玉生烟，可望而不可置于眉睫之前也。'"这句用戴叔论语意，比拟自己半生追求的理想，犹如玉田之烟，近于虚无。

7　此情：指上述种种迷茫惆怅之情。可待：何待，何需等待今日之意。

【解读】

在中国诗歌史上，《锦瑟》大概是解释最为纷歧、学者们争论得最激烈最长久的一首诗。对它的主旨，有种种说法，有的说是怀念令狐楚家一个名叫锦瑟的丫头（刘攽《中山诗话》引），有的说是写了瑟的四种声调：适、怨、清、和（苏轼语，《苕溪渔隐丛话》引），有的说是悼念亡妻（朱鹤龄、朱彝尊、何焯、冯浩、孟森等），也有人说是追念旧欢，或客中思家，或为自己的诗集作序（纪昀、叶葱奇、王应奎、钱锺书等），甚至是"伤唐室之残破"（岑仲勉《隋唐史》）。难怪元好问要说："望帝春心托杜鹃，佳人锦瑟怨华年。诗家总爱西昆好，独恨无人作郑笺。"王士禛也摇头长叹："一篇锦瑟解人难！"其实，这首诗的主旨已在诗中表明，那就是"思华年"，亦即"自伤身世"。诗从锦瑟起兴，以一连串的典实和比喻描述韶华流逝、怀才不遇、理想成空的经历给他心灵留下的深刻印痕。抒情诗的功能本是坦露胸怀、展现心灵，而不便于叙述具体事实，李商隐也正擅用迷离惝恍而韵味隽永的意象，状写由无数事所造成的精神创伤，倾吐多年郁积于心的感受。此诗的中间二联，是四幅奇丽图景，美到极致，也浓缩凝练到极致，恰与首尾二联的直抒胸臆，浑然地构成一曲哀婉伤感、变奏丰富、令人回肠荡气的无标题音乐。此诗丝毫未写平生行事，故试图考索诗句背后的事实，往往徒劳无功；但它又涵盖了诗人一生的坎坷境遇，故读者不妨根据已知的作者生平去体会领悟诗之神味。尾

联道出一个失意者回顾平生时的怅惘和迷茫之感，也很能引起我们的共鸣。

无 题

八岁偷照镜，长眉已能画。

十岁去踏青，芙蓉作裙衩[1]。

十二学弹筝[2]，银甲不曾卸。

十四藏六亲，悬知犹未嫁[3]。

十五泣春风，背面秋千下。

【注释】

1 芙蓉：屈原《离骚》："集芙蓉以为裳。"《释名》："裙，下裳也。"裙衩（chà 差）：衩是衣衫两侧的开衩，此词为偏正结构，以裙衩指裙子。

2 筝：古代弦乐器，唐筝十三弦，手指套银甲（金属制的指抓）弹拨以成乐。

3 六亲：诸书对六亲的具体说法不一，此泛指亲戚。藏六亲者，藏于深闺不见六亲也。悬知：推测而知。

【解读】

历来注家多以为此诗是义山借少女之从幼稚而怀春，进而伤春，以托寓自己的少负才华，长竟沦落不偶。这是一种结合作者生平的体味法，是对诗意的引申。若将本诗直解为写女儿命运、为女儿忧心，虽少了曲折，实更为贴切。古诗《为焦仲卿妻作》"十三能织素，十四学裁衣，十五弹箜篌，十六诵诗书，十七为君妇，心中常悲苦"一节乃此诗所本，故有单纯古朴之情致；但李商隐又有所创新，他将女儿的悲苦提前了——不但早在议嫁之时，她已失去欢乐，在背人处哭泣，看全诗意旨，实有女儿悲苦与生俱来之意，她们的欢乐实在太短暂了。义山《与令狐拾遗书》曾对"今山东大姓家""不问（男方）贤不肖健病"而只论财货多寡以嫁女的做法，表示极大反感。他说："当其为女子时，谁不恨！"他一生写过许多有关女性的诗，多方面地反映了她们的生活。他是一个非常关心和同情妇女命运的诗人。这首《无题》可算是这类诗的第一首。

中国古代诗歌，如《诗经》中的许多作品，本来是没有题目的，但以"无题"来做诗的标题，暗示难以明言的内容和情绪，却是李商隐的创造，从此开了一种风气。义山诗集里，有《无题》诗十六首，还有一批以诗开头或篇中二字为题，实际上也等于无题，合共六十馀首。这些诗多涉女性题材，多与爱情（艳情）相思有关，但又不限于此，内涵十分丰富，历来阐释者的看法颇多分歧，争论的焦点是它们有无寄托，如果有，寄托的又是什么？《玉谿生诗集笺注》的撰者冯浩说："自来解《无题》诸诗者，或谓其皆属寓言，或谓其尽赋本事，各有偏见，互持莫决。余细读全集，乃知实有寄托者多，直作艳情者少，夹杂不分，令人迷乱耳。"纪昀也认为《无题》诸诗有确有寄托者，有戏为艳体者，有实有本事者，有失去本题后人臆加者，有是《无题》相连误合为一者（见沈厚塽《李义山诗集辑评》）。这种具体分析而不一概而论的态度比较客观可取，至于对每一首《无题》诗如何解释，不妨仁者见仁，智者见智，而对于寄托问题，则需谨慎，宁可讲得空灵些，不可过实过滥。

燕台诗四首[1]

春

风光冉冉东西陌,几日娇魂寻不得[2]。
蜜房羽客类芳心[3],冶叶倡条遍相识[4]。
暖蔼辉迟桃树西,高鬟立共桃鬟齐[5]。
雄龙雌凤杳何许?絮乱丝繁天亦迷[6]。
醉起微阳若初曙,映帘梦断闻残语[7]。
愁将铁网罥珊瑚[8],海阔天翻迷处所。
衣带无情有宽窄[9],春烟自碧秋霜白。
研丹擘石天不知,愿得天牢锁冤魄[10]。
夹罗委箧单绡起,香肌冷衬琤琤珮[11]。
今日东风自不胜,化作幽光入西海[12]。

【注释】

1 燕台:本指战国燕昭王所建的黄金台,比拟为招揽贤士之处,但本诗以春夏秋冬四季表现刻骨铭心、生死以之的爱情,与求贤无关。

2 陌:道路。娇魂:娇弱的小精灵,比喻所爱女子。

3 蜜房:有蜜的花房,亦称蜜脾。羽客:比喻长翅膀的小虫，此指蜜蜂，兼喻道士，因修道者能羽化登仙，在此诗中是诗人的化身。芳心：花蕊。

4 冶叶倡条：指春天长得很阔大茂盛的树枝和树叶，冶、倡又有放荡纵恣之意。

5 暖霭（ǎi 矮）：霭，同霭。暖霭即春日和煦之烟霭。辉迟：迟日的光照。高鬟：女子发式，所谓高髻云鬟也，此借指盛妆少女。桃鬟：形容盛开茂密的桃花。此句谓少女立于桃树下。

6 雄龙雌凤：比喻男女双方。杳（yǎo 咬）：缥缈无着。絮：柳絮。丝：春日空中的游丝。

7 "醉起"句：写酒后直睡至午后，把夕阳当作初曙。微阳，夕阳。闻残语：在睡梦中听到她片断的话。

8 铁网罥珊瑚：用铁网勾捞珊瑚。冯浩注引《外国杂传》："大秦西南涨海中珊瑚洲，洲底大盘石，珊瑚生其上，人以铁网取之。"此喻入海寻找所爱女子。

9 "衣带"句：因寻觅所爱女子无着而变瘦，宽窄，指腰围粗细。古诗云："相去日已远，衣带日已缓。"

10 研丹擘（bò 簸）石：《吕氏春秋·季冬纪·诚廉》："石可破也，而不可夺坚；丹可磨也而不可夺赤。"研丹即磨丹，擘石是剖石，但这都不会改变其赤诚。天牢：天上星宿有所谓天牢六星和贯索九星，分别为贵人之牢和贱人之牢，均称天牢。

11 夹罗：罗绢制的夹衣。委箧（qiè 切）：放入竹箱。单绡：薄纱制的单衣。珮：玉制的佩饰。

12　西海：非实指，因是东风所化之幽光，故入于西海也。

夏

前阁雨帘愁不卷，后堂芳树阴阴见[1]。
石城景物类黄泉[2]，夜半行郎空柘弹[3]。
绫扇唤风阊阖天，轻帏翠幕波洄旋[4]。
蜀魂寂寞有伴未[5]？几夜瘴花开木棉[6]。
桂宫流影光难取，嫣薰兰破轻轻语[7]。
直教银汉堕怀中，未遣星妃镇来去[8]。
浊水清波何异源？济河水清黄河浑[9]。
安得薄雾起缃裙，手接云軿呼太君[10]。

【注释】

1　前阁、后堂：均指女子居处。二句以夏日阴雨愁惨之景，比喻女主人公心情。

2　石城：地名，有数处，此在湖北竟陵。该地有女子，名莫愁，善歌谣，其歌曰《莫愁乐》："莫愁在何处，莫愁石城西，艇子打双桨，催送莫愁来。"见《旧唐书·音乐志》。

3　行郎：游郎，此指晋潘岳。《晋书·潘岳传》："潘岳美姿仪，少时尝挟弹出洛阳道，妇人遇之者，皆连手萦绕，投之以果，满车而归。"柘（zhé折）弹：柘树枝做的弹弓。《西京杂记》："长安五陵人，以柘木为弹，真珠为丸，以弹鸟雀。"

4　绫扇：绫缎制的扇子。阊阖（chāng hé 昌和）：天门。轻帏翠幕：女子房中陈设。

5　蜀魂：传说古蜀国望帝死后，精魂化为杜鹃（子规），蜀魂指此。参《锦瑟》注。

6　瘴花：即指木棉，因其长于南方瘴湿之地也。《罗浮山记》："木棉正月开花，大如芙蓉，花落结子，子内有棉甚白，南人以为缊絮。"

7　桂宫：月宫，以其长有桂树。嫣（yān 烟）薰：色美而气息芳香。兰破：兰花破苞绽放。此句借花喻人。

8　银汉：银河。星妃：指天上之织女。镇：常常、终久之意。

9　浊水清波：分指黄河和济河。曹植诗："君若清路尘，妾若浊水泥。浮沉各有势，会合何时谐？"此联谓地位悬殊，会合无由。

10　缃裙：浅黄色的裙子。云軿（píng 屏）：道教中女仙所乘的车。軿，有布篷的车。《真诰》："驾风骋云軿"。太君：道教中称女仙为太君。

秋

月浪衡天天宇湿,凉蟾落尽疏星入[1]。
云屏不动掩孤嚬,西楼一夜风筝急[2]。
欲织相思花寄远,终日相思却相怨。
但闻北斗声回环,不见长河水清浅[3]。
金鱼锁断红桂春,古时尘满鸳鸯茵[4]。
堪悲小苑作长道,玉树未怜亡国人[5]。
瑶琴愔愔藏楚弄,越罗冷薄金泥重[6]。
帘钩鹦鹉夜惊霜,唤起南云绕云梦[7]。
双珰丁丁联尺素,内记湘川相识处[8]。
歌唇一世衔雨看,可惜馨香手中故[9]。

【注释】

1 月浪衡天:月光如水,浩淼无垠,其波浪横布于天。凉蟾:传说月上有蟾蜍,凉蟾喻秋月。凉蟾落尽是夜深时也。

2 云屏:云母做的屏风。孤嚬(pín贫):孤独的皱眉人,或因孤独而皱眉者。嚬,同颦,皱眉。风筝:挂于屋檐的铁片之类,风动而响,俗称铁马。

3 北斗:北斗七星,与银河相近,下句"长河"即指银河。杜甫《同诸公登慈恩寺塔》有"七星在北户,河汉声西流"之句。声回环：想像北斗星移转时亦如河汉流动，不断发出声响。二句谓星移斗换，时光流逝，但银河不见变浅，会合仍是无望。

4　金鱼：指鱼形的金属锁钥，义山诗常用，如"牢合金鱼锁桂丛"（《和友人戏赠二首》之一）。红桂：桂花的一种，红桂春喻女子青春年华。鸳鸯茵：绣有鸳鸯图案的床褥。茵，原意为车席，此指褥席。

5　长道：指宫中永巷，禁闭有罪宫人的地方。玉树：指乐曲《玉树后庭花》，陈叔宝作。《南史·张贵妃传》："后主（陈叔宝）每引宾客对贵妃等游宴……其曲有《玉树后庭花》、《临春乐》等，其略云'璧月夜夜满，琼树朝朝新'，大抵所归美皆张贵妃、孔贵嫔之容色。"亡国人：陈亡于隋，陈叔宝固为亡国之人，然此处实指与叔宝同亡之张贵妃、孔贵嫔。

6　瑶琴：装饰华美的琴。愔愔（yīn 因）：《左传》昭十二年："祈招之愔愔，式昭德音。"杜预注："愔愔，安和貌。"楚弄：即楚曲、楚调。弄，琴曲的一曲谓之一弄。金泥：即金粉，用以饰衣物，示其贵重。

7　云梦：宋玉《高唐赋序》："昔者楚襄王与宋玉游于云梦之台，望高唐之观。"唤起南云绕云梦者，思绪缭绕于高唐之绮梦也。

8　珰（dāng 当）：耳环。尺素：书信，因用绢帛写成，故云。湘川：潇湘一带。

9　歌唇：歌者之唇。孟浩然《宴崔明府宅夜观妓》：

"髻鬟低舞席，衫袖掩歌唇。"衔雨：饱含泪雨。馨香：此指尺素而言。信中充满挚情，又附以双珰，馨香可知，然无从寄达，徒然长置于手中而已。

冬

天东日出天西下，雌凤孤飞女龙寡[1]。
青溪白石不相望[2]，堂中远甚苍梧野[3]。
冻壁霜华交隐起，芳根中断香心死。
浪乘画舸忆蟾蜍，月娥未必婵娟子[4]。
楚管蛮弦愁一概[5]，空城罢舞腰支在。
当时欢向掌中销，桃叶桃根双姊妹[6]。
破鬟倭堕凌朝寒，白玉燕钗黄金蝉[7]。
风车雨马不持去[8]，蜡烛啼红怨天曙。

【注释】

1　女龙：即雌龙。雌凤、女龙均喻孤独女子。

2　青溪：古乐府《青溪小姑曲》："开门白水，侧近桥梁。小姑所居，独处无郎。"白石：古乐府《白石郎曲》："白石郎，临江居，前道河伯后从鱼。"此分别代指男女二人。

3　苍梧野：《礼记·檀弓》："舜葬于苍梧之野，盖三妃未之从也。"《述异记》："昔舜南巡而葬于苍梧之野，尧之二女娥皇、女英追之不及，相与恸哭，泪下沾竹，竹上文为之斑斑然。"

4 "浪乘"句：传说天河与海通，有人从海上乘槎，行多日，至一处城郭，遥望宫中多织妇，一丈夫牵牛饮于河。归问蜀郡严君平，始知所到实天河也。事见张华《博物志》卷十。此句即化用此典，而将"木槎"换为"画舸（gě 葛，绘制精美的大船）"，所到之处也由天河改为月宫（从"忆蟾蜍"和"月娥"可知，蟾蜍与月娥为月宫中人与物也）。月娥，月中嫦娥。婵娟，美好的样子。

5 愁一概：即一概皆愁。

6 欢：南朝乐府中常用以指相爱者。此则双关所爱者和当时的欢乐。桃叶桃根：王献之《桃叶歌》："桃叶复桃叶，桃树连桃根。相怜两乐事，独使我殷勤。"《古今乐录》："桃叶者，子敬（晋王献之，字子敬）妾名，缘于笃爱，所以歌之。"相传其妹曰桃根。

7 倭堕髻：亦称堕马髻，是古代女子的一种发式，发髻向额前俯倾。倭堕，古诗《陌上桑》："头上倭堕髻，耳中明月珠。"白玉燕钗：用白玉做的燕形发钗。据《洞冥记》，汉武帝时曾有一仙女赠白玉钗予帝，至昭帝时，宫人共谋碎之，明日，视钗盒，惟见白燕升天。后来宫人做玉钗，因名玉燕钗。黄金蝉：用黄金打制的蝉形首饰。

8 风车雨马：将风雨想像成车马，实即指风雨，与傅玄《吴楚歌》"云为车兮风为马"修辞手法相同。

【解读】

《燕台诗四首》是义山集中的一组奇诗。意境深幽，色彩秾艳，构思、取象、遣词造句、音调声情均酷似鬼才李贺，一奇也。诗中恍惚有人有故事，且其事显系男女间的苦恋，过程曲折，情感强烈，二奇也。然而诗中情事仅可大致意会，欲作追索落实则疑团百出、此通彼室，三奇也。更有一奇，便是历代论诗者百般猜测，叹为难解，而唐代文化不高的十七岁少女柳枝，却一听就懂（参看《柳枝五首有序》），是理解力悬殊抑或其他原因造成？值得深思。前人追索本事、附会寄托，用力甚勤而事倍功半，我们自不应重蹈覆辙。根据我们读义山诗，特别是爱情诗的体会，兹提出如下看法：

《燕台诗四首》描写男女刻骨相爱，尤其是暌离后的刻骨相思，四诗均从男性视角设想女子的孤苦生涯，通过回忆和想像，发出哀叹和悲呼，是一组泪尽继之以血的爱情悲歌。四诗以四季标题，所取景物与季节有一定关系，其具体内容亦各有侧重。

《春》的基调是寻觅。诗人设想自己的精魂化为蜜蜂，在花丛树叶中殷殷寻觅，又把自己的春日醉梦、苦思（铁网罥珊瑚）、愿望（愿得天牢）、实感（衣带渐宽、春烟自碧）与遥念（夹罗委箧、香肌冷衬）错杂写出，最后借"东风不胜"、"幽光入海"而过渡到《夏》。

《夏》的基本情境是女子的等待。前阁、后堂、轻帏翠幕，皆女子所居；"类黄泉"、"空柘弹"是女子独居无伴之感觉。"蜀魂"二句是女子对所恋男子的慰问和悬想。"直教"二句是女子的心愿，由己而及于人也。"浊水"二句可理解为她感到的二人现实处境的悬殊。而"手接云軿呼太君"，则是她向仙女的求助呼吁。

《秋》的基本情境同《夏》，但女子的心情已更多地趋于哀怨。该章是典型的男性诗人笔下女性对爱情的感受和心声，通章体贴入微，视角一贯，较好理解。

《冬》的主调是爱情的无望乃至绝望，情调悲怆痛苦。诗以男性声音出之，所谓"雌凤孤飞女龙寡"即明显男子口吻，这种口吻贯穿全章。但某些感觉，如"青溪白石不相望，堂中远甚苍梧野"以及"芳根中断香心死"之类，却可兼双方言之。

叶嘉莹教授说《燕台诗四首》是"一种梦幻中的心灵之呓语"，是"一位作者心魂深处的梦魇"（《旧诗新演——李义山〈燕台四首〉》，见《迦陵论诗丛稿》）这符合四诗的情况和义山诗的本质。类似的作品在义山集中还有《河内》、《河阳》诸篇，我们不必也不能考出诗的本事，但仍可以领略诗人的情感世界，特别是诗人对女性生活和命运的关切与同情，因为在这种苦恋的场合中，更为无助而悲苦甚至蒙受屈辱的，还是女方。

圣女祠[1]

松篁台殿蕙香帷，龙护瑶窗凤掩扉[2]。
无质易迷三里雾[3]，不寒长著五铢衣[4]。
人间定有崔罗什[5]，天上应无刘武威[6]。
寄问钗头双白燕，每朝珠馆几时归[7]？

【注释】

1 圣女祠：唐时扶风郡陈仓县（今陕西宝鸡市东）至大散关途中一处景观。《水经·漾水注》："故道水合广香川水，又西南入秦冈山，尚婆水注之。山高入云，悬崖之侧，列壁之上，有神像若图，指状妇人之容，其形上赤下白，世名之曰圣女神。"李商隐曾不止一次经过这里，共作有三首有关的诗。

2 松篁（huáng皇）：青松和翠竹。蕙：兰草。二句写圣女祠外景，龙凤可喻窗扉上之雕镂，可喻高山风云，所谓"云从龙"也；亦可纯为想像之词，状环境气氛之幽深神秘。

3 无质：质者，本体也，无质是形容圣女轻灵飘逸，仿佛没有实在的分量。三里雾：《后汉书·张楷传》说他"性好道术，能作五里雾，时关西人裴优亦能为三里雾。"谓能作雾隐身也。此句谓圣女形体笼罩于薄雾之中，有一种朦胧美。

4　五铢衣：仙人所著极轻薄的丝衣。汉制二十四铢为一两，十六两为一斤。

5　崔罗什：段成式《酉阳杂俎·冥迹》载北齐时清河人崔罗什夜过长白山，被邀入一朱门大户，与一女郎（曹魏侍中吴质之女）殷勤相叙，临行相互赠物留念，约定十年后再相遇，出门上马行数十步，回顾乃一大墓，即当地所谓夫人墓。此以崔喻懂得风情的少年才俊。

6　刘武威：叶葱奇注云：刘武威事不详，既非《神仙感遇记》所述之武威太守刘子南，亦非《后汉书》纪传屡见的武威将军刘尚，然似为唐人所习见。按，刘禹锡《和乐天消失婢榜者》："不逐张公子，即随刘武威。"吴融《上巳日》："本学多情刘武威，寻花傍水看春晖。"据此可知刘武威当是武人中的多情者。"人间"、"天上"二句互文见义，二处皆无崔与刘也。

7　钗头双白燕：见《燕台诗四首·冬》注7。此谓想像中的圣女头饰。问钗头白燕，即问圣女也。珠馆：想像中天上仙家的宫馆。

【解读】

圣女祠是陕西秦冈山中的一处景观，因山石酷似神女像而得名，李商隐路经此地，顿生感慨。首联描绘外景、渲染氛围，气象森严庄重。以下三联均紧扣圣女生涯为言，关键在于诗人把圣女完全当作了人间女性看待，不是强调她的神圣，而是突出了她的美艳和感情需要。颔联极力刻画她飘逸俊俏的体态，表现出一种近似于现代意味的审美观。颈联以亲昵谐谑的口吻对她说：人间才有多情的男子，天上是没有的，言下之意当然是希望她在人间寻找爱情和幸福。尾联对圣女生涯表示极大同情——作为圣女，她每天都要上天朝拜，可是天上并没有幸福可寻啊，所以诗人忍不住问：每天你什么时候才"下班"归来呵？从诗中可以看出诗人对圣女的赞美、倾慕和关切，但诗人并没有把圣女当作恋爱对象。诗中也并无对圣女讽刺之意，所以此诗不是影射生活浪漫的女冠。至于说是因访人不遇、有所寄托而作，这类解释更糟蹋了诗的美感。不少论者对诗意有所体悟，但出于封建观念，批评诗人"慢神"（亵渎神灵）、"有失雅道"、"佻薄"（朱彝尊、纪昀、方东树），这倒反衬出了李商隐的开放和大胆。

重过圣女祠

白石岩扉碧藓滋,上清沦谪得归迟[1]。
一春梦雨常飘瓦,尽日灵风不满旗[2]。
萼绿华来无定所[3],杜兰香去未移时[4]。
玉郎会此通仙籍,忆向天阶问紫芝[5]。

【注释】

1 上清:道教所谓的仙境之一。叶葱奇注引《三洞宗元》:"三清境者,玉清、上清、太清是也,亦名三天。"《上清原统经目注疏》:"上清者,宫名也。……以上清为名,乃众真之所处,大圣之所经也。"沦谪(zhé 哲):贬降沦落。

2 梦雨:似有若无、如梦幻般的细雨。暗用宋玉《高唐赋序》,仿佛这雨中有着圣女的灵魂。尽日:整天。灵风:神灵之风。不满旗:不能使旗扬起。

3 萼绿华:女仙名。《真诰》:"萼绿华者,自云是南山人,不知是何山也,女子,年可二十上下,青衣,颜色绝整。以(东晋)升平三年十一月夜降于羊权家,自此往来,一月辄六过其家。"后予羊权尸解药,羊亦仙去。来无定所:谓萼绿华来去随意,行止不定。

4 杜兰香:女仙名,年十六七,传说谓其自降人间,数诣桂阳张硕,与之相好,赠以灵药,来去随意。事见

《搜神记》、《墉城集仙录》等。去未移时：是说去了没多久又回来。以上二句互文，实谓萼、杜都是随意往来，无拘无束。

5　玉郎：仙界的小官，职在掌管学仙簿录。冯浩注引《登真隐诀》："三清九宫并有僚属，其高总称曰道君，次真人、真公、真卿，其中有御史、玉郎诸小号官位甚多。"仙籍：仙家身份或仙界簿籍，犹户籍、学籍之类，唐人称登第为"通籍"。天阶：仙界之台阶，喻朝廷仕宦之阶梯。紫芝：仙家灵药。朱鹤龄注引《茅君内传》："句曲山有神芝五种，其三色紫，形如葵叶，服之拜为太清龙虎仙君。"问紫芝喻寻求任职朝中也。

【解读】

此诗为李商隐再次经过圣女祠所作，从其实际行踪和沦谪归迟的叹息推测，当作于大中十年（856）由梓州返京、路过秦冈山之时。诗之立意与前一首《圣女祠》不同，前诗吁劝圣女留在人间以享受爱情，此诗则为圣女久留人间不能返回天府抱不平。由于在写圣女生涯时，渗透了自身的某些感受，使得圣女身上覆盖了诗人的影子。最明显的便是"上清沦谪得归迟"一句的双关兼指。尾联的"通仙籍"、"问紫芝"，也是如此，是说他们都曾做过"上天"的努力，但未成功耳。当然，圣女还应是诗的主角，关切与同情她的孤苦凄清生活，甚至为她抱不平，仍然是本诗主旋律。颈联用二仙女随意与人间男子相好，反衬圣女的不自由不幸福,哀愍而至于愤懑之情虽含蓄而可意会。首句描绘圣女祠外景,不同于前篇首句的森严庄重,而突出了清冷荒芜,颔联更以优美的意象和辞藻将低迷萧瑟、凄凉寂寞的氛围渲染得十分浓郁,使人一读难忘。比较二诗,前篇的情绪旖旎开朗,此篇则趋于低沉压抑,说明诗人阅历增长,创作心态发生很大变化。诸家对本诗主旨理解不同,或云"圣女"实指女冠,诗乃写作者与女冠之恋爱,或径谓诗旨是"借圣女以寄慨身世",虽有过求落实之嫌,但亦不妨聊备一说。

辛未七夕[1]

恐是仙家好别离，故教迢递作佳期[2]？
由来碧落银河畔，可要金风玉露时[3]！
清漏渐移相望久，微云未接过来迟[4]。
岂能无意酬乌鹊，惟与蜘蛛乞巧丝[5]？

【注释】

1 辛未：即唐宣宗大中五年（851）。七夕：民俗节日，俗谓此日夜间隔河相望的牛郎织女由乌鹊搭桥填河助其相会，民间妇女有供香果，拜月，望月穿针，结蛛网、视麦芽以及向织女乞巧等活动。见汉崔寔《四民月令》、梁宗懔《荆楚岁时记》诸书。

2 迢递：高远貌，此谓时间之悠远。

3 碧落：道教称天为碧落。可要：岂要，何必要之意。金风：秋风，古人以五行配四时，秋属金，故云。玉露：指露水。《子夜四时歌》："金风扇素节，玉露凝成霜。"

4 清漏：古代以漏器滴水计时，清漏渐移指时间流逝。

5 "岂能"二句：《淮南子》记民间传说："乌鹊填河成桥而渡织女"。《荆楚岁时记》述民俗活动："七夕，人家妇女结彩缕，穿七孔针，或以金银鍮石为针，陈瓜果于庭中以乞巧。有蟢子网于瓜上者则以为得巧。"用"岂能……惟与……"的句式组合二事，意谓怎能不感谢出力的乌鹊，却只寄希望于蜘蛛，向它乞取巧丝呢？惟与，惟同，只向之意。

【解读】

大中五年（851）春夏间，李商隐之妻王氏去世，待他从徐州幕府归来，人已不见。此后，悼伤的主题和旋律，就常常出现在义山诗中。这首题为七夕的七律，虽不是直接的悼亡，却可算是悼亡的变调。七夕是中国古代的女儿节，也是情人节和夫妻团圆节，自然会引起刚失去妻子的诗人的无限感触，但他所抒发的情感却并非一己之慨，而涵盖了更多与丈夫暌隔或爱情无着的妇女。首联用揣度和疑问语气，说起牛郎织女相会佳期的迢远。次联发出责询：牛郎织女生活于银河两侧，本来很近，为什么非要等到七夕才让他们一会？怨愤之意和矛头所指都不难体会。三联写他们的相思和无奈。末联回到七夕，从眼前的活动着笔，提醒人们：真正值得酬谢的，是舍身助人的乌鹊，只向蜘蛛乞求巧丝（谐音巧思），又有什么用呢？因自身之痛而想到更多人类似的苦楚，这就是诗人的襟怀。

无 题

白道萦回入暮霞,班骓嘶断七香车[1]。
春风自共何人笑?枉破阳城十万家[2]。

【注释】

1 白道:道路因人行多而不生草,远看如白色,习称白道。如李白《洗脚亭》:"白道向姑熟,洪亭临道旁。"义山《偶成转韵》诗亦有"白道青松了然在"之句。班骓(zhuī追):即斑骓,毛色苍黑相杂的良马。七香车:用七种香木做成的车。曹操《与杨彪书》:"今赠足下画轮、四望、通七幰香车二乘。"

2 阳城:宋玉《登徒子好色赋》:"(东家之子)嫣然一笑,惑阳城,迷下蔡。"李善注:"阳城、下蔡,二县名,盖楚之贵介公子所封,故取以喻焉。"

【解读】

这首诗录下了一个长镜头:一位女郎,乘坐斑骓拉的七香车沿白道驰入暮霞远去。然后,仿佛是朝着女郎的背影发出一声感叹:你纵有迷下蔡、惑阳城的美貌,然而春风一度,你究竟和谁共笑呢?言下之意是并未受人赏识,枉费了足以迷倒阳城十万家的美貌。这感慨是为那女郎而发,还是"借美人以喻君子",诉说自己的怀才不遇,或者是两者兼而有之？论者各有说法，读者也完全可以自作判断。至于镜头的流动感、缈远感和以看似轻松的问语所传达的惆怅失落之绪，那应是公认而不难体会的。

无题二首

凤尾香罗薄几重,碧文圆顶夜深缝[1]。
扇裁月魄羞难掩,车走雷声语未通[2]。
曾是寂寥金烬暗,断无消息石榴红[3]。
斑骓只系垂杨岸,何处西南待好风[4]?

重帷深下莫愁堂,卧后清宵细细长[5]。
神女生涯元是梦,小姑居处本无郎[6]。
风波不信菱枝弱,月露谁教桂叶香[7]?
直道相思了无益,未妨惆怅是清狂[8]。

【注释】

1 凤尾香罗:一种织出凤尾花纹、质地很薄的纱罗。《白氏六帖》:"凤文、蝉翼并罗名。"碧文圆顶:印有碧纹的布所制的帐顶。古代女子出嫁要亲手缝制嫁妆,罗帐是其中一种。二句描写女主人公在深夜缝制结婚用的罗帐。

2 扇裁月魄:指圆月形的绢扇。古代有女子出嫁之日要由陪同的人持长柄扇遮面,新郎诵读《却扇诗》后才能撤扇相见的风俗。车走雷声:司马相如《长门赋》:"雷殷殷而响起兮,声象君之车音。"二句写女主人公想像出嫁时夫君驾车来接和行却扇礼时自己害羞的情景。

3　金烬暗：涂金的蜡烛烧成灰烬而熄灭。二句说女主人公企盼出嫁的好消息，常深夜不眠，点尽多少蜡烛，仍是一片寂寥；石榴已几度红熟，仍无动静。"曾是寂寥"、"断无消息"有互文之意。

4　斑骓：乐府诗《神弦歌·明下童曲》："陈孔骄赭白，陆郎乘斑骓。"此借喻想像中新郎所乘的马。系（jì计）：系马。西南待好风：曹植《七哀》诗以女子口吻说："君若清路尘，妾若浊水泥。浮沉各异势，会合何时谐？愿为西南风，长逝入君怀。"此用其意，谓何时才能从西南吹来好风，将我送到意中人身边？

5　重帷深下：闺房放下几道帷幕，厚密而严实。莫愁堂：莫愁是传说中的古代美女，有石城莫愁和洛阳卢家莫愁之别，此莫愁堂借指闺房，重帷深下写其华丽邃密和与外界隔绝。"卧后"句：谓女主人公深夜梦醒，难再入寐，只觉清宵格外漫长。

6　神女生涯：用宋玉《高唐赋》、《神女赋》故事，说女主人公有意像巫山神女那样生活，可那只是梦想，实际上并不存在。元是梦：即原是梦。"小姑"句：义山诗下原注："古诗有'小姑无郎'之句。"指乐府《神弦歌·清溪小姑曲》："开门白水，侧近桥梁。小姑所居，独处无郎。"此借古诗说明女主人公是个独居闺中的未嫁女子。

7　"风波"二句：纯用比喻写此女命运。风波、月露喻左右其命运的外界力量。菱枝、桂叶喻这位女子，菱枝弱强调其柔弱无靠，桂叶既可以是桂树之叶，又双关唐

代女子画眉的一种样式,二者均可云"香"。不信,不顾、不管、不惜之意。谁教,有谁让、偏令意。二句亦可作女子内心独白看。

8 直道:尽管是。了:全然。清狂:本有白痴不慧、放逸不羁等意,此作痴心不改、执迷不悟解。此二句为女子内心独白。

【解读】

运用富有典型性的细节和内心独白塑造人物形象,是李商隐某些《无题》诗的重要特色。这两首诗,就用一系列可感可见的意象和细节刻画两个闺中待嫁女,代她们倾诉心声。第一首的女主人公深夜缝帐,遐想未来,虽一再等待一再失望,而心犹未死,还在天真地梦想她的"陆郎"终会来迎接她,而她也时刻准备着投向爱人的怀抱;第二首的女主人公表面柔弱而内心坚强,她深感世情冰冷,清醒看到自己的无望无助,但她不肯屈服,决心一任真性情毫无遮拦地流泻,而不管别人怎么看。诗人对处于弱势和被动地位的女性深抱同情,体贴入微,由此二首可以充分看到。但诗的含义是否仅止于此呢?有的论者认为诗中的待嫁女乃是诗人的化身,待嫁则是登第或出仕的暗喻,特别是第二首腹联与义山《深宫》诗"狂飙不惜萝荫薄,清露偏知桂叶浓"二句很像,而《深宫》的主旨正是借多数宫女失宠和被冷落寄寓才人不遇之慨,所以这两首《无题》也潜藏着"慨不遇而托喻于闺情"的主题和意义

（徐德泓《李义山诗疏》）。考虑到李商隐灵魂深邃的个性和其诗意绪常常朦胧曲折、包蕴密致的特点，这种往深处发掘的思考，是值得重视的。

无　题

相见时难别亦难[1]，东风无力百花残。

春蚕到死丝方尽，蜡炬成灰泪始干[2]。

晓镜但愁云鬓改，夜吟应觉月光寒[3]。

蓬山此去无多路，青鸟殷勤为探看[4]。

【注释】

1　"相见"句：古人云"别易会难"，用难易相对来说人生经验中别多会少的情况。此句则说相见固然难得，分别更是难堪，后一个难字是倾诉一种心理体验。

2　"春蚕"句：化用乐府"春蚕不应老，昼夜常怀丝。何惜微躯尽，缠绵自有时"（《西曲歌·作蚕丝》）之意。蚕之丝双关人之情思。蜡炬：蜡烛。蜡烛点燃时烛脂流溢似泪，烛尽火灭而干。二句形容恋爱者的相互追求永不止歇，到死方休。

3　晓镜：清晨对镜，"镜"作动词用。云鬓：丰满如云的鬓发，常用以形容或指代年轻女子。二句想像对方（女子）早起照镜，会因云鬓渐改、年华流逝而发愁，夜间吟诗，更因孤独而感到月光清寒，表现诗人对所爱者生活情景细致体贴之情。

4　蓬山：即蓬莱山，神话传说中的仙山，比喻所爱者居处。青鸟：神话传说中为西王母传递消息的使者。

【解读】

这首《无题》吟唱爱情的艰难,并从男子视角设想所爱女子的生活,因其深情绵邈、意义显豁和被选入《唐诗三百首》而脍炙人口。诗以来自生活而为中国民众普遍熟悉的比喻、美丽而生动如画的细节和意象,抒写热恋中人的心理体验,讴歌刻骨铭心、永世不渝的爱情,倾诉了对爱人浓烈而绵长的相思,同时又渗透着深沉而宽广的人生体验。它的语象明白灵动,音调朗朗上口,令人一读难忘。有些阐释者将此诗意义从男女之爱扯引到"君臣之义",以图拔高其思想价值,其实大可不必。有的研究者竭力考证此诗涉及的具体恋爱对象,也因证据不足而流为揣测。叶嘉莹教授说:"李义山之为人具有一种窈眇幽微之特异品质,其观生阅世,哀怨无端,发为诗歌,与其生命深相结合,读者应以灵思慧解探索之,而不可以沾沾于一人一事拘泥求之也。"(《迦陵论诗丛稿·缪钺题记》,河北教育出版社 1997 年版)这是很对的。至于用"春蚕到死丝方尽,蜡炬成灰泪始干"表达对理想、事业的忠贞不贰和鞠躬尽瘁,所谓"一息尚存,志不少懈,可以言情,可以喻道"(孙洙《唐诗三百首》),则是对这一联诗的引申借用,是读者参与创造并赋予新意的良证。

无题四首（选三）

来是空言去绝踪，月斜楼上五更钟[1]。
梦为远别啼难唤，书被催成墨未浓[2]。
蜡照半笼金翡翠，麝熏微度绣芙蓉[3]。
刘郎已恨蓬山远，更隔蓬山一万重[4]。

飒飒东风细雨来，芙蓉塘外有轻雷[5]。
金蟾啮锁烧香入，玉虎牵丝汲井回[6]。
贾氏窥帘韩掾少[7]，宓妃留枕魏王才[8]。
春心莫共花争发，一寸相思一寸灰。

何处哀筝随急管，樱花永巷垂杨岸[9]。
东家老女嫁不售，白日当天三月半[10]。
溧阳公主年十四[11]，清明暖后同墙看。
归来展转到五更，梁间燕子闻长叹。

【注释】

1 "来是"二句：写爱人曾相约来会，但等到五更月斜仍不见人，约定徒成空言。此当为女子口吻。

2 "梦为"二句：点明诗中人物所梦内容是"远别"，梦中啼哭，旁人推唤不醒；欲寄书信，则因捎信人催得急，故墨未磨浓。二句所写非当夜事，是曾发生事，甚至有过不止一次。

3 蜡照半笼：烛光所照范围有限，故曰半笼。金翡翠：屏风或帷帐上金线绣的翡翠鸟。麝熏：麝香的气息。微度：轻轻透过。绣芙蓉：帷帐或被褥上所绣的芙蓉花图案。此写闺房陈设华丽雅致，气氛宁静而暗淡。

4 刘郎：传说东汉人刘晨、阮肇上天台山采药，邂逅仙女，受到款待，留居半载而归。后刘晨再到山中寻找仙女，未果。事见刘义庆《幽明录》。这里刘郎当为作者自指。蓬山：蓬莱山，仙山也，此喻所爱女子居处。

5 飒飒：风雨之声。芙蓉塘：亦即莲塘，假设的地名，应在女主人公居处附近，或谓是情人相会之处。轻雷：一般注家以为是用司马相如《长门赋》"雷殷殷而响起兮，声象君之车音"，喻指情人来临。但也不妨与上句合看，视为实写环境和春日景象。

6 金蟾啮（niè 聂）锁：古时一种香炉，开关处做成蛤蟆咬锁状，四字指此。烧香入：金蟾虽啮锁甚紧，但炉中烧香，香气仍可出入。玉虎：一种用玉石雕成虎状的汲井辘轳。牵丝：拉动辘轳上缠绕的绳子。此句谓井再深，有玉虎牵丝也能把水打上来。

7 贾氏窥帘：《世说新语·惑溺》载：晋尚书令贾充赏识美少年韩寿，委任他为僚属，贾充之女在帘后窥视，爱上韩寿，二人私通，被贾充觉察，嫁女于韩。韩掾（yuàn院）：指韩寿，掾是僚属之意。此句谓贾女窥帘而许身韩寿，爱的是他年少貌美。

8　宓（mì秘，一读fú伏）妃留枕：用曹植《洛神赋》故事。据《文选》李善注，魏东阿王曹植曾求娶甄逸之女为妻，但曹操却将她许给了曹丕，后来甄后被逸而亡，曹丕将她的玉缕金带枕给了曹植。某次，曹植过洛水，梦见甄氏已成洛水之神（名为宓妃），对他说："我本托心君王，其心不遂，此枕是我嫁时物，前与五官中郎将（曹丕），今与君王。"遂在梦中相欢。曹植悲喜不能自胜，作《感甄赋》。后魏明帝（曹丕之子）将其改为《洛神赋》。此句谓宓妃留枕给魏王曹植，爱的是他的文才。

9　哀筝急管：急促悲哀的管弦乐声。永巷：宫中幽闭有罪宫女的地方，这里兼指一般长而深的巷子。

10　老女：大龄未嫁之女。乐府诗《地驱歌乐辞》："老女不嫁，蹋地呼天。""白日"句：以季节迟暮状老女心态，何焯曰："怀春而后时也。"（《李义山诗集辑评》）

11　溧阳公主：《南史·梁简文帝纪》："初，（侯）景纳帝女溧阳公主，公主有美色，景惑之。"年十四：谓其年少也，未见史文。

【解读】

这组诗本有四首，这里所选前两首为七律，后一首为七古，另一首五律未选。三诗均与爱情婚姻有关，可谓一目了然。

"来是空言"一首以情人远别为背景,设想别后女子的闺中生涯,她在等待盼望,日思夜梦,眼前的一切,蜡照、麝熏、帷帐、绣被,在在让她想起往日的幽会,而今物是人非,令人无限悲伤,故不能不于尾联为隔绝之苦而痛呼。

"飒飒东风"一首从女性角度写沉溺缠绵于爱情中的种种感受和思虑。她从日常生活的事理中汲取支持爱情的信念,相信自己爱情选择(爱其人,爱其才)的正确,为此牺牲,值得。但爱情的阻力和困难很大,她受够相思的煎熬,而前途并不乐观。尾联是充满怨恨的反话,然而春心岂能真的不与花争发?所以更是悲愤的呼喊。

"何处哀筝"一首主题显然,东家老女与溧阳公主,婚姻的遭遇竟如此不同,其寓意很清楚:地位身份迥异的男子,仕途通塞的不同命运岂不也是如此?由这一首而反观前两首,人们想到它们是不是也是比兴寄托,有所寓意呢?对爱情婚姻的渴望和追求,是不是暗喻仕途的企盼和向往呢?综观组诗,我们不能不予以考虑。李商隐诗的意义常常是多层次的,读者们的领略亦因自身条件有别而有浅深之异,故多种解释不妨并存而互补之。

无题二首（选一）

昨夜星辰昨夜风[1]，画楼西畔桂堂东[2]。
身无彩凤双飞翼[3]，心有灵犀一点通[4]。
隔座送钩春酒暖[5]，分曹射覆蜡灯红[6]。
嗟余听鼓应官去[7]，走马兰台类转蓬[8]。

【注释】

1 "昨夜"句：以一连两个"昨夜"暗示全诗是对某次事情的忆述。

2 "画楼"句：画楼、桂堂，显示楼堂的豪贵华丽。此句说明事情发生的地点。

3 彩凤：身有彩羽的凤鸟。

4 灵犀：朱鹤龄注引《南州异物志》云："犀有神异，表灵以角。"传说犀牛角中央有白线贯通，号称通犀。此句合二意而言之，比喻心灵相通。

5 送钩：一种游戏，又称藏钩，参与者分两曹，将钩递相藏于手中，以猜中多寡分胜负。

6 分曹：分组或分队。射覆：亦游戏，用巾或盂覆盖一物令人猜，猜中为胜。

7 听鼓：唐时早晚皆以宫中击鼓为准，诸街鼓齐鸣以报时。应官：到官府应差。此句谓听到晨鼓，知道该去上班了。

8　兰台：汉代收藏图书秘籍的地方，此喻指唐秘书省。作此诗时，义山在秘书省任职。类转蓬：蓬草无根，随风飘转，此谓供职秘书省就像蓬草被风吹去一般，毫无意味。

【解读】

这首诗文字清通、用典不深，但其诗意却向有两种解读法。其一以艳情解之。胡以梅说："此诗是席上有遇追忆之作。"（《唐诗贯珠串解》）赵臣瑗说："此义山在王茂元家窃窥其闺人而为之。"（《山满楼唐诗七律笺注》）冯浩说它"定属艳情，因窥见后房姬妾而作。"（《玉谿生诗集笺注》）纪昀说它"是狭邪之作，了无可取。"（《玉谿生诗说》）刘学锴等也认为"这是一首有诗人自己出场的赋体无题，抒写对昨夜一夕相值、旋成间隔的意中人的深切怀想。"（《李商隐诗选》）总之，此诗写的是作者在贵家宴席上得见某女子，色授魂与而身不能接，且无缘再遇。"身无"一联即写此种状态和心理，既申情不能遂之苦，对心魂相通又感到庆幸、满足甚至得意。对夜来欢宴和此女的留恋，使他把天明上班应差看成负担和无聊。

另一种解法，以为此诗有寄托。冯班说："义山以畿赤高贤，失意蹉跎，出而从事诸侯幕府，此诗托词讽怀，以序其意。"（吴乔《西昆发微》引）张采田说："此初为（秘书省）正字，歆羡内省之寓言也。"（《玉谿生年谱会笺》）汪辟疆说："此当为开成四年（义山）调补弘农留

别秘省同官之诗也。"(《玉谿诗笺举例》)

在各种版本的义山诗集中，这首诗都和另一首七绝（闻道阊门萼绿华）合称《无题二首》。第一种诠释就建立在两首内容同为艳情的看法上。但后一种解释也并非全无根据，如果联系义山其他诗作，考虑它们的整体风格，再回到这首诗本身，寄托说就很值得思考。

"走马兰台"确实表明此时义山任职秘书省，全诗系用旁观者眼光写成，显示这类饮宴使义山深感压抑，他不是觉得快乐，而是有一种自外和疏离之感。中二联，并不是一联言己，一联写他人，而都是写所见情景。"身有"联不是他与某个贵家姬妾的情意暗通，而是官场中人勾结分派（当时朝中牛李党争正酣），语含讽意；"隔座"联正写醉生梦死之态。李商隐与此格格不入，最后怅然离去，甚至连"走马兰台"都觉得毫无意味了。（请参拙著《李商隐的心灵世界》）至于人们已习惯地将"身无彩凤双飞翼，心有灵犀一点通"当作描写爱情神力的佳句，那只是断章取义，引申借用，就如同人们用"春蚕到死丝方尽"一联表达对祖国和事业的忠贞，乃至愿为人民"鞠躬尽瘁，死而后已"的情况相仿。

霜　月

初闻征雁已无蝉[1]，百尺楼南水接天。
青女素娥俱耐冷，月中霜里斗婵娟[2]。

【注释】

1　"初闻"句：《礼记·月令》："孟秋之月寒蝉鸣，仲秋之月鸿雁来，季秋之月霜始降。"由此可知，李商隐本诗所写应是仲秋之景，秋已渐深，很快就到霜降节气了。

2　青女：指司霜女神，《淮南子·天文训》："秋三月……青女乃出，以降霜雪。"高诱注："青女，天神，青腰玉女，主霜雪也。"素娥：指嫦娥，谢庄《月赋》有"集素娥于后庭"之语，《文选》唐李周翰注："嫦娥窃药奔月，月色白，故云素娥。"诗中以之为月神。婵娟：女子姿态美好的样子，即用以代指姿态美好的女子。

【解读】

诗当为触景生情而作，然却颇具深意。诗面写出秋深季节美丽的夜色和作者心灵的悸动。诗人身在高楼，远眺楼南，白水茫茫，似接天际，耳闻雁鸣，更觉寒意袭人，月色霜华是如此明亮晶莹、高洁秀爽，空气是如此清新宜人，沁润心脾。身体的舒适使思想活跃，他想像：这美景

定然是霜月女神斗美所致，二美相斗而又相衬，遂成天上人间无上的奇美。诗用简洁流利的语言，清晰无隔地表达了画面和诗意，令人一读难忘，甚至一遍成诵。

但诗意与诗艺之妙不止于此，"俱耐冷"三字，不但刻画出霜月二女神的性格，而且象征着作者从来向往尊崇的品行节操，包含着他的自勉和惕励——女神在天上耐冷，我们则要耐得住人间之冷，又岂但耐冷，还要快快乐乐地"斗婵娟"，充分显示和张扬自己的美好，并让这美好普照天上人间！这一层意思是何等积极。尤其值得注意的是，诗人把美好的形象和耐冷的品性赋予两位女神，把她们写到美的极致，让她们承载自己的信念和理想，反映了他内心深处对女性十分爱敬的态度。

春 雨

怅卧新春白袷衣,白门寥落意多违[1]。
红楼隔雨相望冷,珠箔飘灯独自归[2]。
远路应悲春畹晚,残宵犹得梦依稀[3]。
玉珰缄札何由达?万里云罗一雁飞[4]。

【注释】

1 袷(jiá夹)衣:夹衣。白门:地名,同名者有多处,此白门非实指,当用"白门伴"之意,喻指诗人与所思对象当日相悦之地。李商隐《景阳宫井双桐》:"徒经白门伴,不见丹山客。"南朝乐府《杨叛儿》:"暂出白门前,杨柳可藏乌。欢作沉水香,侬作博山炉。"

2 珠箔(bó伯):用珠子编织的帘子之类的东西,这里形容雨丝。

3 畹(wǎn婉)晚:日偏西,天将暮也,也用于形容季节与人生的迟暮,二字同音,既为双声,又为叠韵,下句依稀二字为叠韵,皆属联绵字。

4 玉珰:玉佩耳珠之类。缄札:信件。云罗:高空如罗锦般的长云。

【解读】

这是一首典型的、诉说诗人思念情人、内心苦闷的抒情诗。诗中有直接的抒情，如"白门寥落意多违"，但更主要的是借形象以呈现，于描叙中见深情。开篇诗人身穿白色夹衣独自困卧家中的景象，其孤苦寂寞、寥落失意，不言自明。"红楼"一联，叙述刚才所做的事，即冒雨寻访爱人的居处，但已是人去楼空，只能独自归来。二句将失望凄惶之情蕴含于两幅画乃至两组镜头之中，有景有情，细节生动，而用辞则不避华丽。后四句写长夜怅卧无眠，思绪纷沓：第一层，爱人远去，岁月流逝，堪悲青春蹉跎，迟暮将至；第二层，无从面晤，赶快做个梦，在梦中依稀相见也好；第三层，更想寄封书信，附上一点礼物，聊表心意，可是怎样才能送达呢？长空万里，孤雁独飞，实在不容易啊！

有的笺注者说这首诗是"借春雨怀人，而寓君门万里之感"（姚培谦《李义山诗集笺注》），或是"应辟无聊、望人汲引之作"（程梦星《重订李义山诗集笺注》），未免求之过深，反而有伤诗意，倒是纪昀"如此诗，即无寓意，亦自佳"（《玉谿生诗说》）的说法来得通达，张文荪《唐贤清雅集》说它："以丽语写惨怀，一字一泪。用比作结，不知是泪是墨。义山真有心人"，也很值得参考。

碧城三首[1]

碧城十二曲阑干,犀辟尘埃玉辟寒[2]。
阆苑有书多附鹤,女床无树不栖鸾[3]。
星沉海底当窗见,雨过河源隔座看[4]。
若是晓珠明又定,一生长对水精盘[5]。

对影闻声已可怜,玉池荷叶正田田[6]。
不逢萧史休回首,莫见洪崖又拍肩[7]。
紫凤放娇衔楚佩,赤鳞狂舞拨湘弦[8]。
鄂君怅望舟中夜,绣被焚香独自眠[9]。

七夕来时先有期,洞房帘箔至今垂[10]。
玉轮顾兔初生魄,铁网珊瑚未有枝[11]。
检与神方教驻景,收将凤纸写相思[12]。
《武皇内传》分明在,莫道人间总不知[13]。

【注释】

1 碧城:道教神仙居地,《上清经》:"元始天尊居紫云之阙,碧霞之城。"碧城即碧霞之城的缩略,本诗以喻

女冠所居的道观。

2　十二：喻城之重叠高峻，李商隐《九成宫》有"十二层城阆苑西"之句。曲阑干：阑干即栏杆，天上宫阙栏杆曲折，回廊幽深。犀辟尘埃：辟，同避，传说有一种犀牛角能使尘埃不沾。《述异记》："却尘犀，海兽也。其角辟尘，致之于座，尘埃不入。"《岭表录异》："辟尘犀，为妇人簪梳，尘埃不着发也。"玉辟寒：传说西王母、上元夫人皆有"火玉"。冯浩注云：玉德温润，故艳体（诗文）每云"暖玉"。此句描写碧城内用具的华丽高贵。

3　阆（làng 浪）苑：神仙居处。有书多附鹤：书，指书信，道教常以鹤和青鸟为仙家传递书信的使者。女床：原是《山海经·西山经》中的山名，山上栖息着羽毛五彩的鸾鸟。此处借用女床山名，双关女子之床，而以鸾喻男子，"无树不栖鸾"是以夸张手法说道观中与女冠相好而栖宿的男子甚多。

4　"星沉"二句：承上而来，上句谓双栖于道观的男女，经过一宿，于窗间见银河暗淡，晓星低沉，即"长河渐落晓星沉"（《嫦娥》）之意。下句对仗，"雨"乃高唐雨，暗喻男女欢会情事。河源对海底，联想到昆仑高山。隔座看对当窗见，或指拂晓来临恋人即将离别时默然相对的情景。此联正写观中男女彻夜同居。

5　晓珠：旧说指太阳，非。一说指晶莹的露珠，或曰即指珍珠。水精盘：即水晶盘。《飞燕外传》说汉成帝因飞燕体轻若不胜风，曾为造一水晶盘，令宫人掌之而歌舞。此处水精盘指盛珠的盘子，未必用典。二句从男子角度设想，谓终夜欢会固然快乐，但毕竟不是合法夫妻，倘恋人能如晓珠，既明且定，真想将其置于水晶盘上终生相对，表达了长久厮守的愿望，从而也就透露了对夜合朝离的不满。

6 对影闻声：描写道观中男女的幽期密约，热烈而略带神秘。玉池：仙界的池塘。田田：莲叶丰茂、布满水面的样子。此句借用南朝乐府民歌"江南可采莲，莲叶何田田。鱼戏莲叶间：鱼戏莲叶东，鱼戏莲叶西，鱼戏莲叶南，鱼戏莲叶北"诗意，以喻男女欢会。

7 萧史：秦穆公女弄玉之夫，善吹箫，教弄玉作凤鸣，后双双成仙，事见《列仙传》。洪崖：神仙名，见《神仙传·卫叔卿传》。萧史、洪崖均为男性。二句以男子口吻叮咛女冠别滥施情爱，不妨视为情人间对话的节录，然亦可想此类情况在碧城中相当普遍。

8 "紫凤"二句：以凤代女，以龙代男，极力形容道观中男女欢会的狂热放纵，可作有色情意味的解释。楚佩，用《列仙传》典，郑交甫游江汉之滨，偶与江妃二女，不知其为神人，相悦，女解玉珮赠郑，郑喜而受之，行数十步，视怀中珮与二女，均空无不见。赤鳞，龙鳞，即指代龙。

9 鄂君：据刘向《说苑》，鄂君子晳是楚王母弟，官为令尹，是一个美男子。某日泛舟于新波之中，乘青翰之舟，张翠盖，会钟鼓之音毕，榜枻越人拥楫而歌，歌曰：

"今夕何夕兮，搴洲中流；今日何日兮，得与王子同舟。蒙羞被好兮，不訾诟耻；心几顽而不绝兮，得知王子。山有木兮木有枝，心悦君兮君不知。"于是，鄂君乃揄修袂，行而拥之，举绣被而覆之。（事见《说苑·善说》，并参《乐府诗集》卷八十三《越人歌》）在本诗中，诗人以鄂君自比，点明自己是"绣被焚香独自眠"，没有像观中其他男女那样欢会。

10　七夕：民间节日，传说牛郎织女一年一度于此夜渡鹊桥相会。此喻道观中的男女幽会。先有期：早有预约。洞房：指女冠所居房室。

11　玉轮：指月。顾兔：传说月中有兔，仿佛是月亮怀着个小兔。屈原《天问》："夜光何德，死而又育？厥利维何，而顾兔在腹？"王逸注："言他中有兔，何所贪利，居月之腹而顾望乎？"初生魄：《尚书·康诰》："维三月哉（才）生魄。"古人称月体阴暗、有影无光处为月魄。这里状写女子怀孕的体态。"铁网"句：朱鹤龄注引《本草》："珊瑚似玉，红润，生海底盘石上，一岁黄，三岁赤，海人先作铁网沉水底，贯中而生，绞网出之，失时不取则腐。"此谓怀孕女子尚未分娩，如珊瑚之尚未生枝。

12　神方：道教的神妙药方。驻景：让光景常驻，指使人容颜不老。凤纸：金凤纸，唐时宫中所用，道教书告天与神的青词亦用。二句主体是男子，意谓女冠怀孕而不便生育，此人遂给神方使其流产，以保其青春容颜，而以凤纸写情书相寄。

13 《武皇内传》：即《汉武帝内传》，与《汉武故事》均为魏晋人假托汉人所作的表现汉武帝求仙和淫靡生活之小说。这类小说的实质是民间口头叙事的加工载录，诗人意在说明再深隐的秘事，仍不免为人所知。

【解读】

唐朝道教发达，道观是个很特殊的地方，尤其是唐朝的不少公主常以入道为寻求另类生活之途，那些以公主为住持的道观禁规常更宽松，往往成为青年男女恋爱幽会的场所。李商隐《碧城三首》，以全诗首二字为题，一如无题，其内容则表现当时不便张扬的道观中女冠们的情爱生活。自明代的唐诗专家胡震亨提出此诗"似咏其时贵主事"（《唐音戊籖》）后，虽仍有各种说法产生，但细味原诗，比较众说，还是胡氏说法较为可通而圆满。

《碧城三首》反映的是唐代一些地位、身份特殊的年轻女子的生活。她们身居道观，本应遵守教规，超尘出世，但人性既难泯灭，又因出身高贵，道观建筑与门禁比较幽深隐秘，而管理却相对松弛，故在道教允许男女共处同修的条件下，发生恋爱情事的可能性大大增加。李商隐青年时代曾在玉阳山学道，也曾有与女冠恋爱之迹，对此种生活不但熟悉，而且深有体会，诗中所写，是他的观察，更有他的思考乃至同情的忧虑。

第一首写出贵主道观的幽深雅洁，写出这里爱情生活的普遍和自由，虽当事人还有更进一步的要求，但足以使

诗人艳羡不已。

第二首描摹情人们的感觉和对话，纵笔渲染观中爱情生活的狂放热烈，末尾点明自己不在其中，是一个孤独而清高的旁观者，由此一首，可以推定《碧城三首》所写是女冠的爱情生活，但不是李商隐自己的故事。

第三首写这种爱情生活的后果，对女子将为此付出的代价深表同情和忧虑。诗人懂得，狂恋中的人会不顾一切，会以为隐于与世隔绝的道观，出了问题也不会为人间所知，但诗人更深知世上没有不透风的墙，汉武帝的生活那么隐秘，不是还有《汉武内传》这样的书予以揭露吗？

因为所写之事不宜公开，更因作者同情女冠的态度不合正统观念，作者在诗中用了不少典故，以增加隐晦曲折的程度。从读者一面说，由于各人自身社会意识、文学观点、审美趣味的差异，对本诗诗意和作者思想倾向的解释，必然会有所不同。即使都相信本诗是写女冠生活的，对作者态度的看法也有赞美同情和批判揭露之差别。以上我们试作一种现代阐释，然否，仍待广大读者明鉴。

至于这组诗的艺术性，如词藻的华丽考究，对仗的工巧多变（如"阆苑"联、"紫凤"联，如"不逢……莫见……"的流水对形式），用典深奥与贴切的和谐统一，句式的摇曳生姿（如"犀辟尘埃玉辟寒"，是义山爱用的一句或对句中重叠一字的句式），乃至比喻的丰富、笔触的大胆、表现的力度和对民间歌谣传说的利用等等，实在都很值得玩味，可惜历来论者只顾争论其题旨，对此却不免忽略了。

嫦　娥[1]

云母屏风烛影深，长河渐落晓星沉[2]。
嫦娥应悔偷灵药，碧海青天夜夜心[3]。

【注释】

1　嫦娥：一作姮娥，古神话传说中的人物。《淮南子·览冥训》："羿请不死之药于西王母，姮娥窃以奔月。"高诱注："姮娥，羿妻。羿请不死之药于西王母，未及服之，姮娥盗食之，得仙，奔入月中，为月精。"此故事即本诗抒情议论之所据。

2　云母：一种矿物，既薄且轻，古人用以制作屏风。烛影深：烛因点久而阴影颇深。长河：指银河。近晓银河与金星色均转淡，故云"渐落"与"沉"。

3　灵药：即上云羿从王母处求来的不死药。碧海青天：碧海即所以状青天，月亮高悬于青天，犹如浮于碧海。或云"明月历青天而入碧海，夜夜皆然，故云"（刘学锴、余恕诚《李商隐诗歌集解》），亦通。

【解读】

民间传说：天上的明月里，住着一个偷吃了灵药而飞入月宫成了仙的女子，她就是嫦娥——原是后羿的妻。成仙是世间许多俗人的愿望，为此不惜干出种种傻事，但人们是否知道天上的生活有多单调寂寞？又是否有人想过，身处广寒宫的嫦娥，假如仍有常人的心情和要求，她对孤寂冷清的神仙生活会是怎样的感受？

诗人李商隐与一般人的不同就在这里，他写这首诗，给我们描绘了想像中的月宫生活，描绘了嫦娥夜夜独自无眠的生活——"云母屏风烛影深，长河渐落晓星沉"两句，虽只写了环境景色，而其中实有一个孤苦无伴、彻夜不眠的人在，这人当然就是嫦娥。作者接着明确点出，不眠的嫦娥是在后悔，悔的是当初不该偷那让她升天的灵药。至于为什么悔，到底有何心事，短短的绝句不可能显言，诗人也有意把这留给读者去思索。但读者们当不难理解，既然因在天上过着终年孤寂的日子而后悔，恐怕是嫦娥思凡了吧？是的，诗人正是把嫦娥想像成一个年轻女子而不是一个心冷如冰的仙人，想像她有着正常人的七情六欲，特别是对爱情和家庭生活的渴望，才推想她会因不快乐而痛悔的。诗的后两句刻画了在碧海青天漫游和伫望中的嫦娥形象，并鲜明地道出一个"悔"字，诗意虽极含蓄隽永，在思想倾向上却绝不会误导读者：诗人要人们热爱人间俗世，而不欣赏清修的仙家生活的。

银河吹笙

怅望银河吹玉笙,楼寒院冷接平明[1]。
重衾幽梦他年断,别树羁雌昨夜惊[2]。
月榭故香因雨发,风帘残烛隔霜清[3]。
不须浪作缑山意,湘瑟秦箫自有情[4]!

【注释】

1 玉笙:装饰华美的竹笙。平明:天将亮时。二句写一人在孤清的环境中吹笙到天明,从全诗体味,此人应是一位情人远离的独居女子。

2 重衾(qīn 亲):复沓精致的被子。羁雌:孤独羁留与雄鸟分离的雌禽。枚乘《七发》:"暮则羁雌迷鸟宿焉。"李商隐《题鹅》有"羁雌长共故雄分"之句。

3 "月榭"二句:意谓昔日欢聚的处所(月榭),余香还在雨中散发,而今只剩一个人独对风帘残烛,所欢已悬隔无耗。

4 缑山意:谓成仙之想,《列仙传·王子乔传》:"王子乔者,周灵王太子晋也,好吹笙作凤凰鸣,游伊洛之间,道士浮丘公接以上嵩高山……见桓良曰:'告我家,七月七日待我于缑氏山巅。'至时果乘白鹤驻山头,望之不得到,举手谢时人,数日而去。"湘瑟秦箫:指湘灵(舜之二妃)之瑟和秦弄玉之夫萧史之箫,湘灵鼓瑟为追怀故夫，萧史弄玉吹箫引来凤凰，均是夫妇情深之典，此地用以比喻与缑山意相反的人间夫妇之情。

【解读】

　　这首诗截取首句数字为题，性质略似无题。此诗再次加深了我们对李商隐的印象：他年轻时虽学过道，但他是热爱人间生活而并不赞成超尘脱俗的，他尤其同情那些向往幸福而难得幸福的女子。

　　诗人描绘了这样一幅画面：一个女子在冷院寒楼中遥望银河（她想起了牛郎织女？）通宵吹笙直到黎明（首联），她难忘昔日的幸福，而为眼前的凄凉景象心惊（中二联）。这是一幅有声画，哀婉如呜咽的笙音不绝如缕，低回在诗人耳旁。但最后，女主人公（她是一个女冠？）发自肺腑的真诚喊声打断破了竹笙的哀音：不要再盲目地求仙学道了，人间琴瑟和谐的夫妇生活更美好，更值得追求啊！"不须浪作"四个字，表明的是一种否定和决绝，这是女主人公的态度，也是诗人的态度。其表现手法是前六句积累起足够的哀怨，实是蓄势待发，到这里让内心情感无畏喷迸，由低沉倾诉转为强烈呼喊，从而造成震撼人心的效果。章法可玩，亦复可取。

日 射[1]

日射纱窗风撼扉,香罗拭手春事违[2]。
回廊四合掩寂寞,碧鹦鹉对红蔷薇。

【注释】

1 日射:此取诗之首二字为题,等于无题。义山诗题此类甚多,以下不一一赘指。

2 香罗拭手:用精致有香味的罗帕擦手。春事:春日赏花游玩之类的事,亦可泛指青春年少时的诸般活动。违:未能如愿。

【解读】

此诗主人公是一位闺中女子。古人即已指出:"此闺词也,花鸟相对间,有伤情人在内。"(陆鸣皋《李义山诗疏》)作者纯用白描手法绘出如下的画面:红日高照,春风吹拂,闺中人生活优裕而百无聊赖,眼看春光流逝却无可奈何,她被闭锁在这个环廊四合的深院之中,终日面对的只有笼中的鹦鹉和盛开的蔷薇。此画色彩丰富,对比强烈。这里有红与绿的对比,有静与动的对比(鹦鹉为动,蔷薇为静;风撼扉为动,回廊四合为静),又有意味深长的象征,笼中鹦鹉与盛开蔷薇,象征着女主人公的现状和命运。作者的笔触似乎很冷静,可一颗心却是滚烫的。他对女主人公的关切与同情，体现着一种深刻的人道主义精神，而这精神就渗透在画面之中，洋溢在词里行间。

为 有

为有云屏无限娇,凤城寒尽怕春宵[1]。
无端嫁得金龟婿[2],辜负香衾事早朝。

【注释】

1 云屏:云母屏风。凤城:指京城。朱鹤龄引赵次公杜诗注云:"秦穆公女吹箫,凤降其城,因号丹凤城,其后言京都之盛曰凤城。"

2 无端:没来由的,此处微含怨恨意。金龟婿:任高官的丈夫。唐制中高官可佩金鱼袋,天授元年,改内外官佩鱼为龟,久视元年,职事三品以上,龟袋饰以金,四品银饰,五品铜饰。见《旧唐书·舆服志》及《唐会要》卷三十一舆服上。

【解读】

本诗以一位嫁得贵婿的女子自言的方式写成。该女子目前的物质生活是优裕甚至是豪华的,可是她仍然感到极大的不满足——丈夫做着朝廷大官,每天早早上朝去了,撇下她一个人独守闺房,无法享受旖旎情趣,真是辜负了大好春光!

诗人写出了事实和情景,代主人公表露了心态,诗为七绝,仅二十八字,但其思想倾向却被阐释者说得纷纷纭纭。有的说"此作细意体贴之词"（姚培谦《李义山诗集笺注》），女主人公当是被体贴的对象；有的说"此与'悔教夫婿觅封侯'同意，而用意较尖刻"（何焯语，沈厚塽《李义山诗集辑评》引），但未说尖刻的矛头指向谁；有的说此诗"言外有刺"（冯浩《玉谿生诗集笺注》），刺谁？也没说；有的则说此诗"对嫁得贵婿之少妇微露讽慨。'无端'二字，透出少妇事出意料、自怨自艾心态，盖微讽其托青春于富贵反为富贵所误"（刘学锴《汇评本李商隐诗》）；有人一口否定此诗："弄笔戏作，不足为佳"（纪昀《玉谿生诗说》）；有人却评价甚高："正闺人满志之时，乃转怨金阙之晓钟，破锦帏之同梦。人生欲望，安得满足之期？以诗而论，绮思妙笔，固《香奁集》中佳选也"（俞陛云《诗境浅说续编》）各说虽异，而均非无理，然某说欲服众人，也不可能。这一事实不但证实了好诗之难以达诂，更说明读者的参与往往有丰富原作涵义之效，好作品正要在读者的创造性参与下才得以走向完成。

宫　辞[1]

君恩如水向东流，得宠忧移失宠愁。
莫向尊前奏《花落》[2]，凉风只在殿西头[3]。

【注释】

1　宫辞：唐人爱将写宫中题材的诗题作"宫辞"（亦可另列题，然论者仍以宫辞称之），形式多为五七言绝句，如中唐诗人王建、张祜即以宫辞著名，王建有宫辞百首，五代诗人和凝、花蕊夫人所作宫辞亦有百首之多。

2　《花落》：指乐曲《梅花落》，《乐府诗集》横吹曲中有《梅花落》，本笛中曲，唐有《大梅花》、《小梅花》等曲。此取"花落"二字，暗喻宫嫔颜色渐衰如花之将落，色衰必将爱弛，故曰"莫奏"也。

3　"凉风"句：程梦星《重订李义山诗集笺注》引《三体诗法注》："江淹《拟班婕妤咏扇》云：'窃愁凉风至，吹我玉阶树。君子恩未毕，零落在中路。'盖以凉风喻宠衰而冷落。此诗用之'殿西头'者，是近而易至也。"按，诗云"凉风只在殿西头"者，亦与首句"君恩如水向东流"相对也。

【解读】

封建帝王宫中女子成群，得宠与失宠，对这些女子来说，是个大问题。清人徐增说得好："君恩如水，一去不留，谁保得终始？未得宠时忧不得宠，既得宠矣，又恐失宠。患得患失，盖无日不忧愁者也。"（《而庵说唐诗》）故许多宫辞均以此为主题，对毫无自主权、全凭君王喜怒决定命运的宫中女子寄以深深同情，义山此作亦然。

但义山诗的用意仅限于此吗？封建时代士人官僚的命运，同样也掌于他人之手而无从自主。"女子辞家而适人，人臣出身而事主，宁二致哉！盖亦自寓之辞也，"程梦星在《重订李义山诗集笺注》中这样说。而持义山诗均影指令狐说的吴乔，则在《西昆发微》中说此诗"有警（令狐）绹意"——唐宣宗时，令狐绹曾为相，颇得宠，如能证实此诗的确作于其时，吴乔的说法还真不能简单否定呢。

代赠二首

楼上黄昏欲望休,玉梯横绝月中钩[1]。
芭蕉不展丁香结[2],同向春风各自愁。

东南日出照高楼[3],楼上离人唱《石州》[4]。
总把春山扫眉黛[5],不知供得几多愁?

【注释】

1 "楼上"二句:一弯新月如钩,在楼上望者眼中恍然化为可供登天的玉梯,幻想当然无成,故曰"欲望休"。

2 芭蕉:多年生草本植物,叶长而阔大,遇干旱易枯卷。丁香:一名丁子香,花蕾丛生如结,即丁香结,比喻内美而难解之思绪或情结。

3 "东南"句:《陌上桑》:"日出东南隅,照我秦氏楼。秦氏有好女,自名为罗敷。"此借古诗写楼上女子,以美女罗敷为比。

4 《石州》:《乐府诗集》卷七十九近代曲词下有《石州》,题解引《乐苑》曰:"《石州》,商调曲也。又有《舞石州》。"其词云:"自从君去远巡边,终日罗帷独自眠。看花情转切,揽镜泪如泉。一自离君后,啼多双脸穿。何时狂虏灭,免得更留连。"离人唱《石州》,欲解愁而反更添愁耳。

5　春山：形容浓黑秀丽的眉。《西京杂记》："文君姣好，眉色如望远山，脸际常若芙蓉。"眉黛：用来画眉的青黑色颜料。

【解读】

二首均为代女子赠人，盖古时女子无文化，且羞于言，故历来诗人以各种方式为之代言，明标"代赠"者，特其中一种耳。

第一首"玉梯"句想像奇特，"芭蕉"二句形象绝美而比喻贴切，芭蕉不展兼喻此女外形与心情，丁香结更状喻其内美丰沛而忧愁纠结，末句写此女推想所思（即欲赠）之人当同处愁闷之中。诗中丁香结意象影响后世深远，从李璟的"青鸟不传云外信，丁香空结雨中愁"（《浣溪沙》），牛峤的"自从南浦别，愁见丁香结"（《感恩多》），尹鹗的"欲表伤离情味，丁香结在心头"（《河满子》）和"寸心恰似丁香结，看看瘦尽胸前雪"（《拨棹子》），到李清照的"梅蕊重重何俗甚，丁香千结苦粗生"（《摊破浣溪沙》），直到现代诗人戴望舒的《雨巷》："我希望逢着／一个丁香一样地／结着愁怨的姑娘"，历代诗人反复运用这一意象，创造出优美的诗篇。

第二首的特色是借典故，尤其是乐府古诗的内容意境以绘人抒愁，读后不难感到女主人公之美和她因离愁而生的满腔愁怨，文字极其俭省，而自有辞简意赅、事半功倍之效。

代应二首[1]（选一）

沟水分流西复东，九秋霜月五更风[2]。
离鸾别凤今何在？十二玉楼空更空[3]！

【注释】

1 代应：代为应答，即以被代者口吻作诗，应答别人。

2 沟水：卓文君《白头吟》："今日斗酒会，明旦沟水头。躞蹀御沟上，沟水东西流。"此以沟水分流比夫妻或情侣分散。"九秋"句：实写时令，亦喻身心寒冷。

3 离鸾别凤：喻指离别的情侣。十二玉楼：道教所说的仙界建筑，有所谓五城十二楼，义山诗中屡见。

【解读】

此诗代人诉说离别之慨，有情景交融、一唱三叹之致。此种诗，多以女子口吻言之，亦多为游戏之作，其比兴、刻画、词章、笔调足可玩赏，倘斤斤考证离鸾别凤何所指，则迂曲而乏味矣。

离 思

气尽《前溪舞》[1],心酸《子夜歌》[2]。
峡云寻不得[3],沟水欲如何[4]?
朔雁传书绝[5],湘篁染泪多[6]。
无由见颜色,还自托微波[7]。

【注释】

1 《前溪舞》:《晋书·乐志》:"《前溪歌》者,车骑将军沈充所制。"《乐府诗集》卷四十五引郗昂《乐府解题》曰:"《前溪》,舞曲也。"下收《前溪歌》七首,其第一首:"忧思出门倚,逢郎前溪度。莫作流水心,引新都舍故。"第七首:"黄葛生烂漫,谁能断葛根?宁断娇儿乳,不断郎殷勤!"大体写女子对爱的执着与忧思。气尽《前溪舞》谓因舞《前溪》而气尽也。

2 《子夜歌》:《乐府诗集》卷四十四引《唐书·乐志》曰:"《子夜歌》者,晋曲也。晋有女子名子夜,造此声,声过哀苦。"又引《乐府解题》曰:"后人更为四时行乐之词,谓之《子夜四时歌》。又有《大子夜歌》、《子夜警歌》、《子夜变歌》皆曲之变也。"然此处云心酸《子夜歌》则仍突出其悲苦也。

3 峡云:冯浩注云"用巫峡朝云",即巫山神女高唐云雨之典。寻不得:为爱情无着落。

4 沟水：用卓文君《白头吟》典，喻男子爱情不坚，如沟水之东西流淌，参《代应二首》注2。

5 朔雁传书：用《汉书·苏武传》典：常惠见汉使，"教使者谓单于，言天子射上林中，得雁，足有系帛书，言武等在某泽中"。

6 湘篁染泪：传说大舜南巡，卒于湘地，葬苍梧，娥皇、女英恸哭，泪洒湘竹，竹尽斑，称斑竹，事见《博物志》、《述异志》等书。

7 "无由"二句：谓无从见到爱人形影，只能拜托水波传情，语出曹植《洛神赋》："无良媒以接欢兮，托微波而通辞"。

【解读】

本诗写女子在爱情婚姻面前的被动与无力，她们的命运完全掌握在别人手中。无论她怎样努力，怎样哀苦，一旦失欢，便遭到抛弃，无可挽回。即使如此，她也不会抱怨，更不会决绝和奋起，却仍然温柔敦厚地向对方传情，盼望对方回心转意。这就是古代中国妇女的处境和典型表现，但倘若用来隐喻必须依傍权势而以臣妾自居的古代文士，也不能说不合适。所以，对此诗就有了两种解释，浅看，是直写妇女命运；深挖，则以为寄托着文人的悲哀，具体到李商隐，则是向跟他有了隔阂的令狐绹陈情告哀。

诗在表现上的特色是多用故实和典语，有含蓄曲折、委婉哀怨之致,而又并不隐晦暧昧、令人难懂。无论浅解深说,均通畅优美,很耐咀嚼玩味。

席上作[1]

淡云轻雨拂高唐[2],玉殿秋来夜正长。
料得也应怜宋玉?一生惟事楚襄王[3]。

【注释】

1 席上作:题下有作者原注曰:"予为桂林从事,故府郑公出家妓,令赋高唐诗。"

2 高唐:战国时楚国台观名,在云梦泽中。宋玉《高唐赋》描写楚襄王游云梦,在高唐梦见巫山神女,遂幸之。后即以高唐喻男女欢会或幽会之所,此次宴席宾主用以戏指家妓。

3 "料得"二句:问语兼谑语,设想家妓会因自己的遭遇而同情宋玉,因为他们都是一生在服侍着一个主人。

【解读】

此为席上戏作,把眼前的欢宴,比作令人向往的楚王高唐之游,又寻找出自己与席上歌妓的一点相似,把彼此绾合起来,以合府主"令赋高唐诗"的雅意。前二句优美从容,后二句替歌妓设想,也是向她发问,语含谑意,谁知后人却从中看出了作者内心的一点辛酸。

一 片

一片非烟隔九枝[1],蓬峦仙仗俨云旗[2]。
天泉水暖龙吟细,露畹春多凤舞迟[3]。
榆荚散来星斗转,桂华寻去月轮移[4]。
人间桑海朝朝变,莫遣佳期更后期[5]。

【注释】

1 非烟:指卿云,亦作庆云,有喜事时出现的云彩。《史记·天官书》:"若烟非烟,若云非云。郁郁纷纷,萧索轮囷,是谓卿云。卿云见,喜气也。"九枝:指灯,一干而九枝。沈约《伤美人赋》:"拂螭云之高帐,陈九枝之华烛。"此句写仙境氤氲,祥云与灯彩交辉。

2 蓬峦:指蓬莱山。仙仗、云旗:均指仙家出行的仪仗。

3 "天泉"二句:写仙界春色。龙吟细,喻竹叶轻响。露畹(wǎn宛),畹指田地,露畹者天上露水滋润的田地。凤舞迟,大蝴蝶称凤子,晋崔豹《古今注》:"(蛱蝶)其大如蝙蝠者,或黑色,或青斑,名为凤子。"凤舞迟指蝴蝶轻缓飞舞。

4 榆荚:《春秋运斗枢》:"玉衡星散为榆。"桂华:即桂花。相传月中有桂树,故以桂喻月。或以榆散桂落并非喻指天象,而就是写榆树桂花的老去,亦通。总之此联是以"榆荚散"、"桂华去"状写星移斗转,日夜与春秋代序,时光在无情消逝。

5 "人间"二句:《神仙传》:"麻姑自说云:'接待以来,已见东海三为桑田,向到蓬莱,水又浅于往者会时略半也,岂将复还为陵陆乎?'方平笑曰:'圣人皆言,海中行复扬尘也。'"沧海桑田比喻自然与人世的巨变,此云"朝朝变",岂不更是紧迫,故下云莫错过佳期。莫遣,莫让、莫叫。

【解读】

此诗取首句二字为题,实即无题,而所写则为在道教仙界氛围中的艳情。前六句着力描绘环境,营造出一片旖旎景象、温柔气氛,此正青年男女春情由萌动而至勃发的大好季节,故虽未写人而隐隐有人在活动。末二句呼吁:时光飞逝,人世多变,千万抓住青春年华,别让美好的约定拖下去呵。钟来因《李商隐爱情诗解》以此诗为义山初恋之作,并以诗中之"龙、凤"为道教隐指男女之特指符号,实即义山与其所爱的宋真人,末联则是义山对宋的劝说与恳求,此解甚可参考。而一应将诗意解释为寄托影射者,均不免迂曲而乏味也。

月 夕

草下阴虫叶上霜[1]，朱栏迢递压湖光[2]。
兔寒蟾冷桂花白[3]，此夜姮娥应断肠。

【注释】

1 草下阴虫：蟋蟀一类的昆虫，常于秋日鸣叫。
2 迢递：高远而绵长的状态。
3 "兔寒"句：想像秋天月宫中寒冷的情况。

【解读】

程梦星说："此亦相思之词。不言己之怅望，转忆人之寂寥，最得用笔之妙。"（《重订李义山诗集笺注》）简洁地道出了此诗的内容和好处。姮娥，即嫦娥，喻作者所思之人，而此人在实际生活中则在那迢递的朱栏高楼之中，作者对她念之殷殷，但可想而不可即，这才将她比为月中嫦娥，并想像她的心情：如此清冷美妙的夜晚，与所爱者分离而独居，其痛苦恐怕只有用"断肠"来形容了。在作者笔下，朱栏中的女子与天上嫦娥就这样合二为一，而怀念情人与同情女子命运也融合起来，诗的涵义因此而加深了。

袜

尝闻宓妃袜，渡水欲生尘[1]。
好借嫦娥着，清秋踏月轮。

【注释】

1 宓妃：传说伏羲氏女，溺死于洛水，遂为洛水之神。曹植《洛神赋序》云："黄初三年，予朝京师，还济洛川。古人有言：斯水之神，名曰宓妃。"旧注以为曹植实以宓妃比拟甄后。见《文选》《上林赋》及《洛神赋》（据云原名《感甄赋》）之李善注。《洛神赋》描写宓妃，有"凌波微步，罗袜生尘"之句，为此二句所本。

【解读】

宓妃之罗袜因曹植《洛神赋》而闻名。此袜神奇，着之渡水可以如履平地；此袜又能映照出人的美，使人想见行走于水上的女神体态之轻盈袅娜。诗人忽发奇想：是不是可以将这袜借给嫦娥一穿？那她在清秋季节踏月而行时，将会是怎样一种醉人的极致之美！宓妃、嫦娥都是李商隐心中的美慧女神，他在诗中反复倾心地歌赞她们，既表现了他的审美观，又透露了他的女性观，然而这观那观其实都并不重要，真正值得体贴和珍视的是诗人那颗温柔亲切的爱美之心。

闻　歌

敛笑凝眸意欲歌，高云不动碧嵯峨[1]。
铜台罢望归何处[2]？玉辇忘还事几多[3]？
青冢路边南雁尽[4]，细腰宫里北人过[5]。
此声肠断非今日，香炧灯光奈尔何[6]！

【注释】

1　嵯峨（cuó é 矬俄）：本意是山势高峻状，这里形容重叠的云彩。《列子·汤问》："薛谭学讴于秦青，未穷青之技，自谓尽之，遂辞归。秦青弗止，饯于郊衢，抚节悲歌，声振林木，响遏行云。薛谭乃谢求反，终身不敢言归。"二句描写歌者的神态和歌声响遏行云的样子。

2　铜台：指铜雀台，曹操所建，在魏之邺都。曹操生前聚宫嫔歌姬于上，死后遗令婕妤美人皆留台上，按时祭祝歌舞。事见陆机《吊魏武帝文》及《邺都故事》。

3　玉辇忘还：用周穆王西游不归事，见《穆天子传》及王嘉《拾遗记》。

4　青冢：王昭君远嫁匈奴单于，死后葬归化城（今内蒙古呼和浩特市）南，传说其地草色白，独昭君墓草青，故曰青冢。

5　细腰宫：指楚宫，《韩非子·二柄》："楚灵王好细腰，而国中多饿人。"《后汉书·马廖传》："楚王好细腰，宫中多饿死。"

6　香灺（xiè谢）：亦作炝，灯烛或香的灰烬。

【解读】

　　题为"闻歌"，首写歌者情貌，寥寥四字（敛笑凝眸）将其人欲歌未歌时的准备状态勾勒出来，紧接着，下句便夸说其歌的魅力和效果——连高天之碧云也为之停下脚步，凝而不动。中四句写歌声引人遐想，想起的是历代苦命女子，铜台歌妓、穆王姬妾、远嫁的昭君、饿死的宫人，遭际虽不尽同，但被奴役被抛弃而永不得解脱的命运是一样的。她们的影像虽是虚的，但与歌者的实相结合，便获得了具体的生命，她们在歌声中迎面走来，并列呈现，形象冲击力很大，作者的同情于此也表达无遗。末尾，诗人直抒感慨，痛切指出如此悲剧自古皆然，而于今为烈，无法改变，故听今日之歌声，尤让人悲怆而无奈。

水天闲话旧事[1]

月姊曾逢下彩蟾,倾城消息隔重帘[2]。
已闻佩响知腰细,更辨弦声觉指纤[3]。
暮雨自归山悄悄,秋河不动夜厌厌[4]。
王昌且在墙东住[5],未必金堂得免嫌[6]。

【注释】

1 水天闲话旧事:此题依唐人韦縠《才调集》及《唐音统签》。在一般义山诗版本中,此诗均列于七绝"十二峰前落照微"后,合称《楚宫二首》。然其内容既为忆旧之作,又与楚宫无关,当以此题为佳。

2 月姊:指嫦娥,亦可泛指月中仙女,称姊,有一种亲切感,义山诗中屡用,如《槿花二首》之一:"月里宁无姊,云中亦有君"。彩蟾:指月,传说月宫中有蟾。下彩蟾者离月宫而至人寰也。倾城:《汉书·外戚传》载李延年歌曰:"北方有佳人,遗世而独立,一顾倾人城,再顾倾人国。"倾国倾城极言女子之美。二句谓此女美如仙人,艳名广传,但隔着重重帘幕,难于一睹真容。

3 "已闻"二句:听她走路时环佩的声响可推知其腰身细而步态美,从她弹奏的弦音可推知其手指纤纤,虽未见人,已可想见其美。

4 暮雨:用宋玉《高唐赋》巫山神女"旦为行云,

暮为行雨"事。秋河：指银河。厌厌（yān烟）：同"恹恹"，安静貌。《诗·小雅·湛露》："厌厌夜饮。"《毛传》："厌厌，安也。"

5　王昌：唐人诗中常用以指多情男子，出处无考，在本诗中应为作者自比。金堂：郁金堂，相传莫愁嫁入卢氏后所居。古乐府《河中之水歌》有"洛阳女儿名莫愁"、"十五嫁为卢郎妇"及"人生富贵何所望，恨不早嫁东家王"等句，义山乃杂用而附会引申之，意谓（我们虽无直接交往，但）我向有多情王昌之名，只怕她难免被郁金堂里的人嫌猜呢。

【解读】

这是一首写得很美的怀旧之诗。首先题目就很美，在秋日的水光云影下与友人从容闲话往事，回忆那难忘的心动时刻，这情境岂不富于美感？其次是人物美，作者先用"月姊"、"倾城"等词造势，更用侧面烘托之法，透过两个典型细节塑造出一位绝世美女，让她活在人们的想像之中，手法比正面具体的状写高明而别致；再次是环境与画面美：月中仙女离蟾宫而飘然下凡，来到人间轻行漫游，拨弦奏曲，洒下爱和美的花朵，然后在暮雨中悄然归去，地上的山静静地目送她，天上银河耿耿，也在默默注视着，是一幅幅多么优美的画；最后是用字、韵律，特别是典语之美，使人浮想联翩，清人查慎行对此有很好的分析："若不用'暮'字，安知为巫山之行雨？不用'秋'

字，安知为牛女之渡河？作者尚恐晦，于'暮雨'衬'山'字，则巫山愈明；于秋河衬'夜'字，则银河不混。而于数虚字足消息相隔之意，可谓穷工极巧。"(《瀛奎律髓汇评》)而归根结底，是诗情之美。全诗是对一个美丽女性的温柔思念，是一曲深情而热烈的恋歌，虽香艳而与淫欲无关，堪称纯粹的美与爱之颂赞。追究诗人爱的、赞的这人是谁，实属多事。在这一点上，有的古人倒比较通达，如为义山诗作笺注的程梦星，他把此诗看作"红豆相思之曲"，同时认为"文人薄幸，不必有其事，不妨有其词"。薄幸含贬义，用于义山未必合适，而如在"不妨有其词"前面加上"不妨有其情"，就更合我意了。

深　宫

金殿销香闭绮栊[1]，玉壶传点咽铜龙[2]。

狂飙不惜萝荫薄，清露偏知桂叶浓[3]。

斑竹岭边无限泪[4]，景阳宫里及时钟[5]。

岂知为雨为云处，只有高唐十二峰[6]！

【注释】

1　绮栊：精致的窗牖。

2　"玉壶"句：古时以滴水法计时，《初学记·漏刻》："殷夔漏刻法，为器三重，圆皆径尺，差立于水舆踋踘之上，为金龙口吐水，转注入踋踘经纬之中，流于衡渠之下。"诗中铜龙吐水声咽，玉壶承之以传点（计时），合上句表示时间已晚。

3　狂飙：喻狂暴的外力。萝荫：喻宫人，以其依附为生如茑萝也。清露：喻皇帝的恩泽。桂叶：桂树之叶，双关唐时妇女的一种画眉式样。

4　斑竹岭：娥皇、女英于洞庭湖畔哭舜使竹尽斑，此以斑竹岭喻女子痛哭之地。

5　"景阳"句：齐武帝萧赜常到后宫苑囿游玩，载宫人于后车。宫内深隐，不闻端门鼓漏之声，乃置钟于景阳楼上，应五鼓及三鼓。宫人闻钟声即早起妆饰。事见《南史·武穆裴皇后传》。

6 "岂知"二句：用宋玉《高唐赋》典，形容帝王嫔妃寻欢作乐之处。高唐十二峰者泛指巫山诸峰，如神女峰之类。

【解读】

唐诗有所谓宫怨题材者，其主题则多为叹惜宫女命运无主，苦乐不均，祸福难凭。本诗亦然。首联写宫中夜分，香销户闭，铜漏声咽，气氛冷寂而阴沉。中二联以对比手法揭示宫人命运的悬殊：有的如萝荫被狂飙摧残，有的却如桂叶之多得雨露；有的应钟声而起，与皇帝享受无穷逸乐，有的却只能为皇帝殉葬，流不完伤心之泪。尾联道出大批宫女不可能幸福的根源，那就是皇帝的恩泽永远只能集中在少数人身上，犹如巫山云雨只在高唐十二峰一样。《唐诗鼓吹评注》概括此诗内容最为贴切："此宫人不得幸，怨君王厚薄失均也。"今天来看，虽作者止于悲愤，止于叹惜，但读者若稍思之，即不难把批判矛头指向帝王广蓄嫔妃宫女的腐朽制度。

槿　花[1]

风露凄凄秋景繁，可怜荣落在朝昏。
未央宫里三千女[2]，但保红颜莫保恩。

【注释】

1　槿花：即木槿，茎叶皆如桑，一名扶桑，插枝即活，花自二月始开，至中冬而歇，色深红，然朝开暮落。诗人常用以喻红颜易老。

2　未央宫：汉宫殿，《汉书·高帝纪》："七年，萧何治未央宫。"《汉武故事》："上（武帝）起明光宫，发燕赵美女三千人充之，率取十五以上二十以下……建章、未央、长安三宫皆辇道相属，不由径路。"

【解读】

以咏物的形式出现，关注的是宫女的命运。前二句写物，以"可怜"二字见出感情倾向。下二句点出关心对象，殷殷告诫，于无路可走中觅路，而实际上却是无奈悲叹和痛切揭露：以色事人，色衰爱弛，红颜既无从永保，"君恩"又哪里能够久恃哉！注家或曰："红颜易老，君恩已歇，岂惟槿花为然？"或曰："正说更痛于婉言，可为争宠附党者深警"，是在比兴观念指引下的延伸阐释，亦可参。

又效江南曲[1]

郎船安两桨,侬舸动双桡[2]。
扫黛开宫额,裁裙约楚腰[3]。
乖期方积思,临酒欲拌娇[4]。
莫以采菱唱,欲羡秦台箫[5]!

【注释】

1 江南曲:《乐府诗集》卷二十六相和歌辞收《江南曲》、卷五十清商曲辞收《江南弄》及相关歌辞多首,引《乐府解题》云:"江南古辞,盖美芳晨丽景,嬉游得时。"并云"梁武帝作《江南弄》以代西曲,有《采莲》、《采菱》,盖出于此。"

2 侬:古吴语之自称,我也。桡(ráo 饶):即楫,船桨。

3 扫黛:用黛色画眉,扫,谓其简率也。宫额:模仿宫中式样的额头装饰。约:量。

4 乖期:误期。临酒:一作临醉,意同。拌娇:拌即拼,拌娇犹放娇、撒娇。

5 采菱唱:指《江南弄》七曲中的《采菱曲》,《古今乐录》曰:"《采菱曲》,和云:'菱歌女,解佩戏江阳。'"秦台箫:用秦弄玉与萧史在凤台吹箫,夫妻双双仙去的故事。

【解读】

　　《江南曲》多写水乡女儿，复多涉男女情思。义山仿之，化入《子夜》、《读曲》神色，更添民歌风味，尤其是以女子口吻写约会的首联。次联写女子为此而打扮和裁制新衣，透过行为流露心情。三联写等待的急迫和会面时的娇憨。末联最妙，女对男说：别以为今日共唱采菱歌，就一定同你做夫妻呵——不是立即允婚，更不是无情拒绝，是撒娇拿架子，但也是实情，这一笔把江南女儿的泼辣个性和娇媚神态写得极具特色，而且写活了。叶葱奇说："以上三首（按，指《效徐陵体》、《又效江南曲》和《齐梁晴云》三诗，第一、三首本书未选）不仅词汇、音响摹拟得逼真，连情调风格也都神似，由此也可以看出诗人修养、功力的一斑。"（《李商隐诗集疏注》）所论极是。

随师东[1]

东征日调万黄金[2],几竭中原买斗心。
军令未闻诛马谡[3],捷书惟是报孙歆[4]。
但须鸑鷟巢阿阁,岂假鸱鸮在泮林[5]?
可惜前朝玄菟郡,积骸成莽阵云深[6]。

【注释】

1 随师东:随,即隋字,随师东即隋师东,托隋师东征以讽喻唐朝廷讨伐藩镇战争中的弊端。

2 东征:隋炀帝大业七至十年(611—614)曾多次东征高丽,事见《隋书·炀帝纪》及《资治通鉴》卷一百八十一、一百八十二。自清朱鹤龄以下的义山诗注释者,均以为这里是影指唐文宗大和初年(827—829)征讨叛镇李同捷之事。据《资治通鉴》卷二百四十三、二百四十四:李同捷擅据沧、景二州,自任横海节度留后,并逼迫朝廷予以承认,朝廷不允,下诏调动李同捷,李抗拒,朝廷乃命乌重胤、王智兴、康志睦、史宪诚、李载义、李听、张璠等邻州节度使各率本部兵进讨。李同捷一面贿赂诸军,一面与另一叛镇王庭凑勾结,朝廷遂令诸军兼讨王庭凑。时河南北诸军讨李同捷,久未成功,而每有小胜,则虚张首虏,以邀厚赏。朝廷竭力奉之,江淮为之耗弊。至大和三年秋始稍平定,但沧州承丧乱之馀,骸骨蔽地,城空野旷，户口存者十无三四。这就是所谓"东征日调万黄金"的具体内容，也是《随师东》一诗的史实背景。

3 诛马谡：《三国志·蜀书·诸葛亮传》载：建兴六年，诸葛亮兵出祁山，使马谡统军在前，与魏将张郃战于街亭。谡违亮节度，举动失宜，为郃所败，亮退军还汉中，戮马谡以谢众。这句说征讨李同捷诸军违反朝廷节度，但军令不严，未闻斩马谡那样的严惩。

4 报孙歆：此句下原有注曰："平吴之役，上言得歆（孙歆，吴主）首；吴平，孙尚在。"朱鹤龄引王隐《晋书》云：晋伐吴，王濬争功，先报已得吴主孙歆头，后杜预送活孙歆至洛阳，众大哗。这句说讨李诸军常冒功邀赏。

5 鸑鷟（yuè zhuó 岳灼）：传说中凤凰一类的祥鸟。阿（ē 婀）阁：四面有柱的台阁。鸑鷟凤凰之类的祥鸟巢居阿阁，比喻贤臣在朝执政。岂假：怎让，怎能允许。鸱鸮（chī xiāo 吃肖）：猫头鹰之类被视为不祥的恶鸟。泮（pàn 盼）林：诸侯乡射之宫称泮宫，后用以指称学宫，泮林谓泮宫旁的树林，即代指泮宫，语出《诗经·鲁颂·泮水》："翩彼飞鸮，集于泮林。食我桑黮，怀我好音。"鸱鸮在泮林比喻凶恶的藩镇窃据了重要的位置。二句谓只要贤臣在内执政，又怎会让藩镇坐大割据？那么平藩战争就没有必要了。

6 前朝：指隋朝。玄菟郡：汉武帝元封四年，以朝鲜地置乐浪、玄菟、真番、临屯四郡。见《汉书·地理志》。积骸成莽：尸骨堆积如茫茫草莽。《左传》哀公元年："吴日敝于兵，暴骨如莽。"

【解读】

如果这首诗确是针对大和初年征讨李同捷的战事而作，那么它该是李商隐弱冠时的作品。这时诗人不过二十来岁，就如此关心国事，反对藩镇割据，批判平藩战争的旷日持久和劳民伤财，既揭示弊端，又提出政见，呼吁朝廷举贤用能，以抑制邪恶势力。虽他的主张不免肤廓而书生气，但毕竟充满正义感，无论如何是很可贵的。细味诗意，还能感到从中透露出一种跃跃欲试于政坛的躁动之气，实乃间接地表明了他的政治抱负。艺术上，此诗富激情而又求隐晦，多用典而考究对仗，已显出义山诗风格的基本趋势。不过也许因是少作，其对仗虽工，却还较为拘谨，"但须"一联用比喻说理尤显板滞。

重有感[1]

玉帐牙旗得上游[2],安危须共主君忧。
窦融表已来关右[3],陶侃军宜次石头[4]。
岂有蛟龙愁失水,更无鹰隼与高秋[5]。
昼号夜哭兼幽显,早晚星关雪涕收[6]!

【注释】

1 重有感:作者此前写有五言排律《有感二首》,此诗系承前而作,故名。唐文宗大和九年十一月,宰相李训等人为解决宦官专权的问题,托言宫中金吾仗院的石榴开花,上有甘露,是大祥瑞。皇帝与之配合,命大宦官仇士良等率众宦官前去查看,欲乘机加以诛除,但因行动不密,最后失败,李训等反被族诛。史称甘露之变。甘露之变后,唐文宗李昂被大宦官仇士良等挟制,如同傀儡,开成元年(836)昭义节度使刘从谏三次上表,为王涯等人申冤,声讨仇士良等罪恶,且云"谨当修饰封疆,训练士卒,内为陛下腹心,外为陛下藩垣。如奸臣难制,誓以死清君侧。"当时朝臣慑于宦官淫威,日忧破家,从谏表至,仇士良等稍为收敛,宰相粗能秉政,皇帝差以自强。(《旧唐书》之《文宗纪》、《刘从谏传》及《资治通鉴》卷二百四十五)李商隐对刘从谏的行为大为赞赏,并抱极大希望,乃作《重有感》以咏之。

2　玉帐：《新唐书·艺文志》兵家类有《玉帐经》一卷。张淏《云谷杂记》："盖玉帐乃兵家厌胜之方位，主将于其方置军帐则坚不可犯，犹玉帐然。"牙旗：将军的旌旗，以象牙为饰，故称。上游：指险要形胜之地。此句写昭义节度使刘从谏地处山西军事要地，军容雄壮，故下句云应分担主君的忧愁。

3　窦融：《后汉书·窦融传》载：窦融行河西五郡大将军事，闻刘秀即位，有意东征，就派人奉表献马，又写信责让隗嚣，为刘秀出兵制造舆论，并表示与五郡太守共砥砺兵马，上疏请问出师日期，表示随时从征，因此获得光武帝刘秀的赞赏。关右：指京师长安。此句以"窦融表"比喻刘从谏的上奏，是三一三句式，下句句式同。

4　陶侃：《晋书·陶侃传》载：苏峻反，陶侃与温峤、庾亮率军会于石头城，陶侃亲自督阵，斩杀苏峻。此句是说希望刘从谏率军来京师平定宦官。

5　"岂有"二句：蛟龙喻皇帝，龙得水则神，失水则废。鹰隼比喻为君主击杀驱逐奸恶的正义力量，《左传》文公十八年："见无礼于其君者诛之，如鹰鹯之逐鸟雀也。"此联表达了作者对当时政治形势的忧愤，包含对刘从谏的不满。

6　幽显：如言阴阳、阴间与人世、已死者和苟活者。星关：即古代天文学上所说的天关，喻指天庭、宫禁、天子布政之所等。雪涕：犹拭泪。此联谓人神共愤宦官的罪恶，故昼哭而夜号之，但有刘从谏这样的忠臣，相信早晚能够使皇帝正其位，让天下人收泪雪涕。

【解读】

　　此诗因昭义节度使刘从谏而发，肯定他的"清君侧"之志和他的上表对宦官气焰的抑制作用，但又对他缺乏实际行动表示不满，敦促他率军开进京师。作者一腔忠君爱国热情和疾恶如仇的正义感，甚是可嘉，但政治上的幼稚也尽显无遗。难怪纪昀要批评他："'窦融'二句竟以称兵犯阙望刘从谏，汉十常侍之已事，独未闻乎？"——东汉末，为消灭"十常侍"（十个专权的大太监，实为宦官集团）而召董卓进京，从此引起更严重的皇帝被挟持、军阀大混战的后果，直至汉亡，可见刘从谏进京并非好办法。作为诗人，政治上充满热情就很可贵，策略上不高明，无须多加指责。就诗论诗，则用典、词藻及虚字的运用均有可观。清人施补华说："义山七律，得于少陵者深。故秾丽之中，时带沉郁。如《重有感》、《筹笔驿》等篇，气足神完，直登其堂入其室矣"，颇能道中其特色与渊源。

曲 江[1]

望断平时翠辇过,空闻子夜鬼悲歌[2]。
金舆不返倾城色,玉殿犹分下苑波[3]。
死忆华亭闻唳鹤[4],老忧王室泣铜驼[5]。
天荒地变心虽折,若比伤春意未多[6]。

【注释】

1 曲江:唐长安城东南的风景区。《雍录》:"唐曲江,本秦隑州,至汉为乐游苑。隋营京城,以其地高不便,故阙此地,不为居人坊巷,而凿为池以厌胜之。又会黄渠水自城外南来,故隋世遂从城外包之入城为芙蓉池,且为芙蓉园。"康骈《剧谈录》:"曲江,开元中疏凿为胜境,其南有紫云楼、芙蓉苑,其西有杏园、慈恩寺,花卉环周,烟水明媚。都人游赏,盛于中和、上巳之节。"唐文宗大和年间为追慕盛唐繁华气象,曾令左右神策军淘曲江、昆明二池,造紫云楼、彩霞亭,并许公卿士大夫之家于江头立亭馆,以时追赏,因甘露之变而告停,事变之后曲江渐渐荒芜。李商隐有感于朝政日非、国势衰颓,乃以曲江为题抒发忧国忧民的感慨。

2 翠辇:装饰豪华的辇车,为皇家或贵戚所用。子夜:夜半子时。二句谓平时曲江常见翠辇,如今望断矣,至夜间则仅闻鬼唱,此地之荒凉萧索可见。

3　金舆：亦富贵家之豪华车辆也。下苑：秦汉有宜春下苑，其地即唐之芙蓉园，与曲江相连，故借下苑以代指曲江。二句谓金舆所载之佳人今已一去不返，惟昔之玉殿仍在宜春下苑旁。

4　华亭闻唳（lì 利）鹤：《晋书·陆机传》载陆机受宦人谗潜，将被戮，乃致书成都王，并叹曰："华亭鹤唳，岂可复闻乎！"鹤鸣为唳，华亭是陆机家乡，即今上海市之松江。此句写甘露之变中的死者，只能像受潜而死的陆机那样在回忆中再闻家乡鹤鸣。

5　泣铜驼：《晋书·索靖传》："（靖）知天下将乱，指（洛阳）宫门铜驼叹曰：'会见汝在荆棘中耳。'"此句写生者（自己）像索靖那样预知国家必乱，王朝将亡，为此忧心如焚。

6　天荒地变：指甘露之变。伤春：喻对国家前途的担心和忧伤。

【解读】

曲江在唐朝不仅是长安近郊的游览胜地，而且几乎成了唐朝兴衰的见证。杜甫《丽人行》、《哀江头》以杨玉环姊妹由恃宠骄奢、炙手可热到"血污游魂归不得"的历史镜头反映了安史之乱。李商隐深受其影响，取曲江的荒废为视角，着力表现甘露之变给唐朝带来的沉重打击（前四句），对唐王朝的危亡之势吐露了发自肺腑的悲怆与焦虑（后四句）。这诗应作于甘露之变后不久，与《有感二首》、

《重有感》是同一时期，属义山早期创作，但已充分显示义山对杜诗精神的有意继承，而其具体手法，则表现出在吸收杜甫诗艺的基础上更善隐喻象征，也更趋曲折隐晦的个人风格。

寿安公主出降[1]

妫水闻贞媛[2],常山索锐师[3]。
昔忧迷帝力[4],今分送王姬[5]。
事等和强虏,恩殊睦本枝[6]。
四郊多垒在,此礼恐无时[7]。

【注释】

1 寿安公主出降(jiàng 匠):寿安公主是唐绛王李悟之女,文宗的堂妹。开成二年(837)奉诏下嫁成德军节度使王元逵,事见《旧唐书·文宗纪》与《新唐书·王元逵传》。公主下嫁外藩称出降。元逵之父庭凑本是一个凶悖桀骜的藩镇,元逵有所改变,文宗喜出望外,就把寿安公主嫁给了他。李商隐有感于朝廷的孱弱,乃作此诗。

2 妫(guī 归)水:水名,源出历山,在今山西境内,是舜的发祥地。《尚书·尧典》:"釐降二妃于妫汭,嫔于虞。"二妃指尧之二女娥皇、女英,下嫁虞舜于妫水之旁。贞媛:贤淑娴静的女子。此以尧之二女比拟寿安公主。

3 常山:据《旧唐书·地理志》:成德军节度使治恒州(今河北正定),领恒、赵、冀、深四州。恒州,即常山郡。索:求也,娶也。此句谓王元逵从常州派出精锐军队来迎娶公主。

5　迷帝力：意谓王元逵之父廷凑当年强横作乱无视朝廷。帝力，皇帝的威德与恩典。相传尧时《击壤歌》云："日出而作，日入而息，凿井而饮，耕田而食，帝力于我何有哉！"此句意为昔曾以此为忧。

6　分：本分当然之意。王姬：指寿安公主。此句谓今日竟将王姬下嫁、媚事藩镇当作分内之事。

7　"事等"二句：强虏，指匈奴这样的外敌。本枝，指皇族宗室之人。二句谓公主出降这事等于是与强虏和亲，性质跟赐恩予皇室宗枝根本不同。

8　四郊多垒：《礼记·曲礼》："四郊多垒，此卿大夫之辱也。"二句谓如今许多强藩围伺京师，跋扈悖乱，若都用公主出降的办法安抚，恐怕要不胜其烦。

【解读】

公主出嫁本是常事，但寿安公主的出降王元逵，却是朝廷笼络取媚藩镇之举，诗人由此感到皇权的衰微，国势的可忧，内心深为不安，甚至产生某种耻辱感，这些都在本诗中明确表现出来。诗的题目已点明本事，故虽多用典语而并不费解，全诗形式整饬而不免板滞，政治性强而艺术上平平。为义山诗作注的屈复说："此题唐人诗多甚佳甚，玉谿浅露如此，可以不作。"（《玉谿生诗意》）未能肯定青年诗人的政治关切，显得片面了，但"浅露"的批评却值得考虑。

马嵬二首[1]

冀马燕犀动地来[2]，自埋红粉自成灰[3]。
君王若道能倾国，玉辇何由过马嵬[4]？

海外徒闻更九州，他生未卜此生休[5]。
空闻虎旅传宵柝，无复鸡人报晓筹[6]。
此日六军同驻马[7]，当时七夕笑牵牛[8]。
如何四纪为天子，不及卢家有莫愁[9]！

【注释】

1 马嵬：地名，即马嵬坡，在今陕西兴平县西，唐时设有驿站。天宝十四载（755）安史乱起，次年六月陷潼关，李隆基与杨国忠及贵妃姐妹等仓皇奔蜀，行至马嵬驿，发生兵变，将士杀杨国忠等，逼帝处死贵妃，帝无奈，下令缢杀之。此二首咏此事而发议论。

2 冀马燕犀：冀、燕皆指河北，冀地的战马，燕地的犀甲，喻指安史乱军。

3 "自埋"句：写玄宗下令缢杀杨贵妃之事，二"自"字强调他的责任。史载：杨贵妃死后，暂瘗于驿西道侧。次年，玄宗自蜀还长安，再经马嵬，曾为之改葬，而贵妃尸体已腐烂。见《旧唐书·杨贵妃传》。

4　"君王"二句：汉李延年歌曰："北方有佳人，绝世而独立。一顾倾人城，再顾倾人国。宁不知倾城与倾国？佳人难再得！"倾国者，使人国家倾危破亡也。二句诘问玄宗如说红粉佳人杨贵妃能够倾国，那您的玉辇又怎能经过马嵬而逃往西蜀，又经过马嵬而返回长安，安居太上皇之位呢？

5　"海外"二句：句下原有注："邹衍云：'九州之外，复有九州。'"谓号称赤县神州的中国共有九州，中国之外，还有九个像中国这样的地方。他生，来世，下辈子。此生，指今世，与他生相对。陈鸿《长恨歌传》述民间传说云：玄宗返京后思念贵妃甚苦，有道士自言有求灵之术，玄宗乃令道士求杨贵妃之神。道士升天入地，东极天海，跨蓬壶，于最高山寻得玉妃太真院。玉妃问天宝十四载以来事，授金钗钿盒之半，令道士献上玄宗。道士乞问当年秘事以取信，妃遂言天宝十载七月七日长生殿与帝盟誓愿世世为夫妇事。二句意谓海外九州不过传闻而已，他生如何难以预料，无情的事实是今世的杨贵妃已经死去。

6　"空闻"二句：虎旅指禁军，即精悍的皇家卫队。传宵柝（tuò 拓），夜间按时敲击刁斗（军用炊具）以报平安。鸡人，古时宫中不养鸡，负责打更报晓的人员称鸡人。晓筹，报晓的更筹。

7　"此日"句：正写马嵬之变。六军同驻马，《旧唐书·肃宗本纪》："丁酉至马嵬顿，六军不进，请诛杨氏。

于是诛国忠，赐贵妃自尽。"六军，指当时护卫玄宗西逃的禁军。本句述此史事。

8 "当时"句：回述天宝十年七夕二人盟誓的事，笑牵牛者，当时幸福以为胜似牛女也。

9 四纪：古以十二年为一纪，玄宗在位四十四年，约算之可称四纪。卢家莫愁：萧衍《河中之水歌》："河中之水向东流，洛阳女儿名莫愁，十五嫁作卢家妇，十六生儿字阿侯。卢家兰室桂为梁，中有郁金苏合香。"二句谓玄宗命运还不如民间夫妇。

【解读】

这两首诗从一个特定角度咏叹安史之乱，矛头指向唐玄宗，着眼处虽不大，政治性和现实讽喻性却很强。清人对它们的"体格"、"诗法"、"用意"颇有微词，认为它"背谬"、"轻薄"，甚至"坏心术"，关键就在于二诗辛辣尖刻地挖苦了皇帝，惯于为尊者讳、主张诗歌"怨而不怒"的论者便受不了了。这种观点正可启发我们，看到唐人李商隐的超凡之处。

值得玩味的是二诗许多句子既是作者视角，亦不妨看作贵妃口吻。如第一首"君王"一联，若作杨贵妃责问李隆基语看，岂不更为锋利？其意思、其口吻与下一首首联也更为贯通：君王玉辇两过马嵬，安享劫后馀生，而我，他生是否能与你再做夫妻殊难预卜，此生则已彻底断送。在君王、国家、女子三者中，向来受责的祸水倒是真正的被害者呢。"此日"一联，为历来注家激赏，称其为"逆挽法"，即先写今之仓皇悲惨，与昔之欢快情浓形成鲜明对比，时空跳跃巨大，处境命运截然相反，感情冲击格外强烈，"诗中得此一联，便化板滞为跳脱"（沈德潜《说诗晬语》）。但此联同样可作杨妃口吻看，则其叙述中便隐含怨气，有提起往事而责怪玄宗忍心之意。马嵬赐死之举，在玄宗虽是无奈，但作为杨妃，自不妨问："君何其忍心？"尾联的问语亦可两看，虽只从未能保全妻子说，但实质是问："你这四十几年皇帝是怎么当的？"杨妃固然可问，作者亦不禁要问，而民众更有资格责问，其内容和份量是十分沉重的。

淮阳路[1]

荒村倚废营,投宿旅魂惊。
断雁高仍急,寒溪晓更清。
昔年尝聚盗,此日颇分兵[2]。
猜贰谁先致?三朝事始平[3]。

【注释】

1 淮阳:东汉有淮阳国,后改为陈国。隋有淮阳郡,唐改为陈州,属河南道,即今河南省淮阳县。题意为李商隐路经陈州,作此诗。唐文宗开成五年(840)王茂元任宣武节度使,辖陈、许等州,恰诗人辞弘农尉,乃暂往王幕任职,赴陈途中有感而作。

2 "昔年"二句:指唐德宗以来,陈、蔡一带藩镇割据混战,不服朝廷管制,犹如群盗相斗,故直到今日,朝廷还需采用分兵镇守之法,以防其叛。

3 猜贰(èr二):相互猜忌。三朝:指德宗及顺宗、宪宗三朝。陈蔡之乱绵延三朝,至元和年间始平定。李商隐另有《韩碑》诗写之。

【解读】

朱彝尊评此诗云:"因投宿而感时,此工部家法。"道出了此诗的渊源和意义。杜甫的许多诗都是在旅途有感而作，既记录了所见所闻，又抒发了感想议论。义山《淮阳路》前二联写途中所见，荒村、废营、断雁、寒溪，写景虽然概括，但已足以引起联想，作者感情倾向亦很清晰。后片揭示造成农村凋敝的原因，直接的是连年战乱，藩镇和军阀当然是罪魁祸首；间接的是朝廷的处置无方，所谓"猜贰谁先致"，责任就主要在朝廷了，因为猜忌是无能无力的表现，无论先后，对于朝廷来说都是有百害而无一利的。

赠别前蔚州契苾使君[1]

何年部落到阴陵，弈世勤王国史称[2]。
夜卷牙旗千帐雪，朝飞羽骑一河冰[3]。
蕃儿襁负来青冢[4]，狄女壶浆出白登[5]。
日晚鹧鹕泉畔猎[6]，路人遥识郅都鹰[7]。

【注释】

1　蔚州：今山西灵丘县。唐属河东道，即隋之雁门郡，见《旧唐书·地理志》。契苾（bì 必）使君：指曾任蔚州刺史的契苾通。契苾部落属匈奴别支的铁勒部，唐初归附，安置于甘、凉二州，酋长契苾何力入朝为官，屡建功勋，封凉国公。契苾通是何力的五世孙，曾任蔚州刺史，此时已离职。诗题下原有注云："使君远祖，国初功臣也。"应是作者原注。

2　阴陵：史载：贞观年间，契苾等部落归唐，太宗分置瀚海、金微、燕然、幽陵等都督府。见《旧唐书》之《铁勒传》、《北狄传》。诗中阴陵即指幽陵。弈世：累世。此联谓契苾部落早年归唐，几代人黾勉王事，功勋载入国史。

3　"夜卷"二句：据《旧唐书·契苾何力传》载：何力在征吐谷浑之战中，曾"自选骁兵千馀骑，直入突沦川袭破吐谷浑牙帐"，大获全胜。在征高丽时，唐军遇阻，层冰大合，何力身为行军大总管，亲自率军渡冰，鼓噪而进，敌大溃，追奔数十里。此二句即写契苾何力的功勋。

4　蕃儿：泛指西北少数族民众。襁（qiǎng抢）负：用襁褓背负小儿。《论语·子路》："四方之民襁负其子而至矣。"青冢：传说塞草皆白，王昭君墓草色独青，故号青冢，在今内蒙古呼和浩特市南，诗中泛指塞外。

5　狄女：泛指北方少数民族女子。白登：在今山西大同市东，刘邦与匈奴战，曾被围困于白登七日。《孟子·梁惠王》："箪食壶浆，以迎王师。"以上二句写契苾使君先祖镇守北方深得周围少数民族拥护，诸部落纷纷归附。

6　鹎䴗（pì tí 辟题）泉：《新唐书·地理志》："西受降城北三百里有鹎䴗泉。"贞观中曾于此设邮（驿站）多所。此句暗用汉飞将军李广退居蓝田，南山夜猎故事，设想契苾通退休后在鹎䴗泉畔打猎。

7　郅（zhì 至）都：汉代酷吏，《史记·酷吏列传》谓：郅都为人严酷，行法不避贵戚，列侯宗室见之，侧目而视，号曰"苍鹰"。后为雁门太守，匈奴畏之，直到郅都死去，不敢近雁门。此句赞契苾通威重，可震慑入侵者，为唐保边境安宁。

【解读】

唐朝在民族政策上相当开放，不少少数民族人才入唐担任军政要职，在对外征战与安定边疆中起了很大作用。

义山此诗热情歌颂契苾使君的先人，对使君本人也寄予巨大期望，即反映了这个历史事实，同时也反映了唐人通达的民族观和开阔的襟怀。首联从契苾部落的归化和累世功勋说起，次联写使君先祖契苾何力的英勇善战，三联写何力之子契苾明驻守边疆时的怀柔招徕之效，末联写到赠别对象契苾通，不再描述他已建的业绩，而说他即使退休回乡闲居，其威也足以镇定边疆，使外敌不敢窥伺觊觎。此诗将契苾部落入唐后的历史浓缩于七言律诗之中，既有高度的概括（首联），又有典型的情节和生动的形象。后三联由远及近分述契苾三代人事迹，叙事中注意对称原则（武功与文治、从政与退休），讲究词藻的色彩、对仗和音律（青冢、白登；夜卷朝飞一联）。用典灵活，有明用（郅都），有暗用（李广），均贴切生动，有助于突现人物，并促使读者产生丰富联想。此诗虽属应酬之作，但在艺术上达到较高成就。

灞　岸[1]

山东今岁点行频[2]，几处冤魂哭虏尘。
灞水桥边倚华表[3]，平时二月有东巡[4]。

【注释】

1　灞岸：灞水之岸也。《三辅黄图》："霸（灞）水出蓝田谷，西北入渭。"

2　山东：秦汉时习惯以函谷关以东为"山东"，唐沿之，大概以华山以东为"山东"，与"关中"对举。点行：点派壮丁入伍服役。杜甫《兵车行》："行人但云点行频。"冯浩注云："会昌二年八月，回鹘乌介可汗掠云、朔、北川，乃征发许、蔡、汴、滑等六镇之师，会军于太原。六镇皆东都密迩，唐自天宝乱后，久不复幸东都，故慨之也。"（《玉谿生诗集笺注》）

3　灞水桥：即灞桥。《三辅黄图》："霸（灞）桥在长安城东，跨水作桥。汉人送客至此桥，折柳赠别。"华表：相传尧设诽谤木，后演变为华表，柱形，柱头有横木相交，状若花，置于通衢大道，以表王者纳谏及表识衢路。见《古今注》。此指桥前树立的柱石。

4　平时：治平之时。东巡：《尚书·舜典》及《礼记·王制》皆云："岁二月，东巡守，至于岱宗。"天子巡守是理政的盛典，惟清平时代才能有。唐在安史之乱前，皇帝常有巡行及幸东都之举,安史之乱后,已无力进行。

【解读】

安史之乱后,唐朝国力严重衰退,边疆异族入侵之事不断发生。会昌二年(842)因回鹘掠边,不得已急征山东六镇兵马会于太原。山东百姓因此被频频点行,去到战场则难免九死一生,很多人成为孤鬼冤魂,这就是本诗首联所写的事实。李商隐依人作幕,经常出入长安,灞桥是必经之地。这次大约刚从山东归来,在将近京城的灞水桥边暂憩,倚柱遥望,不禁想到一路上看到听到山东人民在沉重兵役压迫下的苦况,但为抵抗入侵之敌,又不能不如此,遂发出杜甫式的悲慨。首联直写所见所闻,次联以盛唐作比,反观现实,愈益突显了晚唐国势的衰败。诗的表现手法直率与含蓄并用,基调悲怆,促人深思。

赠刘司户蕡[1]

江风扬浪动云根，重碇危樯白日昏[2]。
已断燕鸿初起势，更惊骚客后归魂[3]。
汉廷急召谁先入[4]？楚路高歌自欲翻[5]。
万里相逢欢复泣，凤巢西隔九重门[6]。

【注释】

1　刘司户蕡：刘蕡事迹见两《唐书·刘蕡传》，他于宝历二年（826）进士及第，大和二年（828）对策中批评了宦官专权等弊政，被宦官憎恨，会昌元年（841）贬柳州司户参军，大中初（847）量移澧州，李商隐与之相遇于湖南湘阴的黄陵庙，临别作此诗相赠。

2　云根：指山石，云触石而生，故曰云根。张协《杂诗》："云根临八极，雨足洒四溟。"碇（dìng 定）：镇舟之石。二句写眼前景象，亦寓对时局的象征。

3　燕鸿：燕地的鸿鸟，喻刘蕡，因刘是昌平（今属北京）人。骚客：犹骚人，屈原作《离骚》，后遂以骚人称诗人，此亦喻刘蕡。二句写刘蕡对策遭贬，如燕鸿的冲天起势被断，而从贬所量移内地，又落在他人之后。

4　"汉廷"句：用汉贾谊事。《汉书·贾谊传》载谊被贬去长沙，岁馀，文帝思之，把他召回。

5　"楚路"句：用屈原事。屈原怀忠见斥，流放江

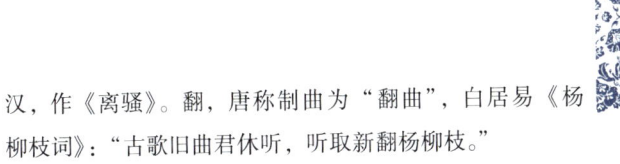

汉,作《离骚》。翻,唐称制曲为"翻曲",白居易《杨柳枝词》:"古歌旧曲君休听,听取新翻杨柳枝。"

6 凤巢:喻皇帝居处。九重门:宋玉《九辩》:"君之门兮九重。"

【解读】

刘蕡是晚唐一位名士,因在对策中猛烈批判宦官专权而受迫害,也因此而得名,李商隐对他非常崇敬,二人关系在师友之间。自文宗大和二年以来,刘蕡屡遭贬逐,直到宣宗大中初年才从柳州内调,这期间李商隐也经历了许多变故,特别是因受牛李党争波及,大中初随李党中坚人物远走桂海,至此,于行役途中与刘蕡相遇于湖南湘阴,所谓"万里相逢",真是意外地惊喜,但想到刘蕡仍未得到公平待遇,想到朝廷昏暗,君门九重,前景非常暗淡,又不免忧恨交加,诗中"欢复泣"三字对二人当时的情感状态作了精确表述。

此诗开篇写景,表现季节与眼前实况,同时有很深寓意,实为对政治形势的隐喻。以下或设譬,或用典,既切合刘蕡的不幸遭际,而又涵盖所有正直士人的命运,甚至足以涵盖整个时代的病症。诗人对刘蕡十分同情,对朝廷非常失望,诗的情绪因前者而激愤,又因后者而悲观,二者绞结交汇,便成了撼人心扉的悲愤。然而,更让李商隐悲愤欲绝的事还在后面——刘蕡在与商隐分手后不久,就在九江一带黯然死去,等噩耗传来,李商隐痛哭刘蕡的几首诗,就真有撕肝裂肺之感了。

韩　碑[1]

元和天子神武姿，彼何人哉轩与羲[2]。誓将上雪列圣耻，坐法宫中朝四夷[3]。淮西有贼五十载[4]，封狼生貙貙生罴[5]。不据山河据平地，长戈利矛日可麾。帝得圣相相曰"度"，贼斫不死神扶持[6]。腰悬相印作都统，阴风惨淡天王旗[7]。愬、武、古、通作牙爪，仪曹外郎载笔随。行军司马智且勇，十四万众犹虎貔[8]。入蔡缚贼献太庙，功无与让恩不訾[9]。帝曰："汝度功第一，汝从事愈宜为辞[10]。"愈拜稽首蹈且舞："金石刻画臣能为。古者世称大手笔，此事不系于职司。当仁自古有不让"，言讫屡颔天子颐[11]。公退斋戒坐小阁，濡染大笔何淋漓！点窜《尧典》《舜典》字，涂改《清庙》《生民》诗[12]。文成破体书在纸，清晨再拜铺丹墀[13]。表曰："臣愈昧死上，咏神圣功书之碑。[14]"碑高三丈字如斗，负以灵鳌蟠以螭[15]。句奇语重喻者少，谗之天子言其私[16]。长绳百尺

拽碑倒，粗砂大石相磨治。公之斯文若元气，先时已入人肝脾[17]。汤盘孔鼎有述作，今无其器存其辞[18]。呜呼圣皇及圣相，相与烜赫流淳熙。公之斯文不示后，曷与三五相攀追[19]？愿书万本诵万遍，口角流沫右手胝。传之七十有三代，以为封禅玉检明堂基[20]。

【注释】

1　韩碑：指韩愈的《平淮西碑》。自元和九年（814）开始的讨伐淮西叛镇吴元济之战，因诸将不力，迁延无功，直到十二年十月才在宰相裴度指挥下，由大将李愬夜袭蔡州，生擒吴元济。十二月，诏韩愈撰《平淮西碑》，碑文多叙裴度之功。李愬不服，其妻（唐安公主之女）诉于帝，宪宗乃命翰林学士段文昌重撰，而将韩碑磨平拽倒。平淮事见《资治通鉴》卷二百三十九、二百四十。韩碑事，见《旧唐书·韩愈传》。李商隐诗即以此事为题作《韩碑》诗。

2　元和天子：唐宪宗李纯，年号元和（806—820）。轩与羲：古帝轩辕和伏羲。

3　列圣：指玄宗以下诸帝。唐自安史之乱以来，藩镇割据，皇权萎弱，诸帝常受强藩侵制，如玄宗奔蜀、德宗奔奉天，历次平藩之战均不成功，此即"列圣耻"。法宫：帝王处理政事的正殿。此句句式为一三三。

4 "淮西"句：彰义节度使驻节蔡州（今河南新蔡），辖区在淮河以西，自李忠臣、李希烈、陈仙奇、吴少诚、吴少阳以来，历任节度使均据地扩张，侵扰邻境，不服朝命五十年之久。韩愈《平淮西碑》有"蔡帅之不廷授，于今五十年"的话。少阳死，其子吴元济匿丧不报，自领军务，益发嚣张，故诗以"贼"称之。

5 封狼：大狼。貙（chū初）：《说文》："貙似狸，能捕兽。"羆（pí皮）：《尔雅》："（羆）似熊而长头高脚，猛憨多力。"柳宗元《羆说》："鹿畏貙，貙畏虎，虎畏羆。"此句谓淮西叛镇一代比一代更凶恶。

6 "帝得"二句：帝指宪宗李纯，圣相指裴度。《旧唐书·裴度传》载：藩镇王承宗、李师道为阻止朝廷讨淮西，派刺客进京谋害主战的朝官，宰相武元衡被杀，裴度受伤坠沟未死。宪宗闻讯曰："度得全，天也！"伤愈，拜为门下侍郎、同中书门下平章事（宰相），并为淮西宣慰招讨处置使，主持平淮西事务。

7 "腰悬"二句：写裴度以宰相身份率军讨伐淮西。都统，指淮西诸道行营都统，为讨伐淮西的总帅，当时任此职的是韩弘，而裴度又在其上。

8 "愬、武"四句：李愬、韩公武、李道古、李文通均为裴度讨伐淮西的部将。仪曹外郎，指以礼部郎中身份随裴出征的李宗闵。行军司马，韩愈自指，当时他以右庶子兼御史中丞身份担任行军司马。虎貔（pí皮），貔亦猛兽，《尚书·牧誓》："勖哉夫子，尚桓桓，如虎如貔，如熊如罴于商郊。"

9　"入蔡"二句：史载：元和十二年（817）冬，李愬雪夜奇袭蔡州，生擒吴元济，随即押送元济进京，献俘于太庙。功无与让，平淮西之功巨大而无可推让。恩不訾（zī资），皇恩隆重不可量。

10　"帝曰"三句：借宪宗之口，肯定裴度在平淮西之战中功居第一。又命韩愈撰碑记功。

11　"愈拜"六句：虚拟韩愈语，表示接受撰碑之事。大手笔，古称大制作，如撰写诏书敕令等为大手笔，亦以承担此种写作者为大手笔。不系于职司，撰写文章本是翰林学士的职事，但此次撰碑却不请翰林学士而由韩愈承担，这本不是他的职司，但他自负大手笔，当仁不让，得到皇帝首肯。

12　"点窜"二句：《尧典》、《舜典》均为《尚书》中的篇名。《生民》、《清庙》分别为《诗经》大雅和周颂中的篇名。点窜、涂改实谓模拟仿效。二句说韩碑有意追慕典诰雅颂之体格。

13　破体：明释道源注："破体，破当时为文之体。"冯浩《玉谿生诗集笺注》、钱锺书《管锥编》均同意。下面说韩碑"句奇语重喻者少"，即因破当时通行之"今体"故。丹墀：殿前地以红漆涂之，是谓丹墀。张衡《西京赋》"青琐丹墀"，李善注："丹漆地，故称丹墀。"

14　"表曰"三句：概括韩愈《进撰平淮西碑文表》，其表末云："今词学之英，所在麻列；儒宗文师，磊落相望……至于臣者，自知最为浅陋……强颜为之，以塞诏旨，罪当诛死。其碑文今已撰成，谨录封进。无任惭羞战布之至。"此类属秦汉以来上表奏事的套语。昧死，犹冒死。

15　"碑高"二句：写韩碑雄伟形状。灵鳌（áo敖），巨龟，用以驮碑。蟠以螭，用无角的小龙，蟠曲于碑首为饰。

16　"句奇"二句：韩碑充分肯定裴度平淮西之功，藉以宣扬朝廷威德，并未抹杀李愬功劳，事见《旧唐书·韩愈传》及碑文。进谗者指李愬之妻。

17　斯文：即这篇文章，指《平淮西碑》。元气：浩荡深厚的大气。入人肝脾：喻深入人心。繁钦《与魏文帝笺》："凄入肝脾，哀感顽艳。"

18　汤盘：相传商汤所铸之铜盘，有铭文曰："苟日新，日日新，又日新。"孔鼎：相传孔子先人正考父庙中有鼎，亦有铭文（见《左传》昭公七年）。二器上皆有铭文，故曰"有述作"，其物在唐时虽已不存，但铭文却留传下来。此喻韩碑虽倒，其辞将长存。

19　"呜呼"四句：流淳熙谓流播淳厚和熙的德化于世。曷与，犹"如何能与？"三五，三皇五帝。四句谓宪宗、裴度平藩成功，将使德化普照，万民受益，如不让宣扬此意的韩碑流传后世，怎能使宪宗获得追攀三皇五帝的伟名？

20 "愿书"四句：胝（zhī之），手脚掌上的老茧。《荀子·子道》："耕耘树艺，手足胼（pián骈）胝"。封禅（shàn善），古代帝王祭天地的大典。在泰山上筑土为坛以报天之功，谓之封；在泰山下的梁父山上辟场祭地，谓之禅。《史记·封禅书》："管仲曰：古者封泰山、禅梁父者七十二家。"玉检，封禅时用的文书叫玉牒书，其上的封盖用金缕五周，以水银和金为泥做成，称为玉检。明堂，天子朝见诸侯、布政施教的宫殿。《平淮西碑》："既定淮蔡，四夷毕来，遂开明堂，坐以治之。"

【解读】

《韩碑》是李商隐诗中的杰作，历来众口一词。概括说来，它有几奇。

一是诗体奇。义山向以七律闻名，此篇却是他做得较少的七古（但义山七古几乎篇篇精彩），而且长达五十二句、三百六十六字。

二是诗格奇。此诗既以韩碑为歌咏对象，即刻意模拟而神似韩愈诗风：散文化（而且是韩文风格），叙事如碑体，极简明扼要；多用拗句，七字或全平或全仄（"封狼"句全平；"帝得"句全仄，若连下句则十四字中十一字仄），然读来谐和，气雄力劲；结构严谨而波峭，从天子立意雪耻入笔，迤逦写来，夹叙夹议，该简则简（如述裴度军容与兵入蔡州），该详（如述韩碑之文与碑之形状）

则详，至"呜呼圣皇"以下直抒胸臆，倾怀而歌，乃神完而气足。

三是诗意奇。表层意在赞韩碑，申说韩碑被毁其文不泯之理，并含为一切遭谗者抱不平之深衷；二层意在警藩镇，使勿忘吴元济之覆辙，抑或尚有寓意现实，支持平藩、统一而反对姑息分裂之政见；三层意最妙，是在显示诗才。古之论者纷谓："一篇典谟雅颂文字，出自纤丽之手，尤为不测。"（钟惺《唐诗归》）"此大手笔也，出之鲜秾艳丽之人，令人不测。"（陆次云《五朝诗善鸣集》）"每怪义山用事隐僻，而此诗又另辟一境，诗人莫测如此。"（田雯《古欢堂杂著》），这些人都没想到义山能够写出韩愈式"句奇语重"的诗，《韩碑》的出现使他们感到吃惊和意外。难怪吴乔会推测："时有病义山骨弱者，故作《韩碑》诗以解之，直狡狯变化耳。"（《围炉诗话》）不能排除李商隐作《韩碑》有"露一手"的想法，也确实达到令人对其诗艺刮目相看的效果。

义山《韩碑》的成功，也说明诗文风格并不抽象，而是很具体、可分析、可模拟移植的，《韩碑》就是因为体现了韩愈诗文的许多风格因素，而被诗论家们承认为"与韩《石鼓歌》气调魄力旗鼓相当！"（何焯语，见《李义山诗集辑评》）

李卫公[1]

绛纱弟子音尘绝[2],鸾镜佳人旧会稀[3]。
今日致身歌舞地,木棉花暖鹧鸪飞[4]。

【注释】

1　李卫公:指李德裕。《旧唐书·李德裕传》载:武宗会昌四年(844),刘稹平,以功兼守太尉,进封卫国公。宣宗大中元年(847),罢相,贬逐,直至崖州司户,三年冬,卒于珠崖(今海南岛)。

2　绛纱弟子:《后汉书·马融传》:"尝坐高堂,施绛纱帐,前授生徒,后列女乐。"绛纱弟子指受业门人,亦可指一般的门客。王定保《唐摭言》:"李德裕颇为寒畯开路,及南迁,或有诗曰:'八百孤寒齐下泪,一时南望李崖州。'"

3　鸾镜佳人:旧注多阙,刘学锴、余恕诚《李商隐诗歌集解》云:"本指后房妻妾,此喻指政治上之同道者。"如李回、郑亚等。李、郑均因德裕牵连而远贬,故云"旧会稀。"

4　"今日"二句:刘、余《集解》云:歌舞地,即歌舞岗,在今广州市越秀山上,南越王赵佗曾在此歌舞,因而得名。此以"歌舞地"指代岭南地区。木棉,树名。《罗浮山记》:"木棉正月开花,大如芙蓉,花落结子,子内有棉甚白，南人以为缊絮。"鹈鹕，鸟名。《岭表录异》："鹈鹕，吴楚之野悉有，岭南偏多。"《禽经》："子规啼必北向，鹈鹕飞必南翥。"

【解读】

李德裕是晚唐杰出政治家，屡任地方长官，均有善政；文宗、武宗两朝曾任宰相，特别是会昌年间（841—846），在平定泽潞、抵御回鹘侵扰方面功勋卓著，对朝政亦有所改革。但因陷入朋党之争，到宣宗李忱继位，牛党重新得势，他遭到致命打击，一直被贬逐到崖州（今海南岛），最后就病死在那里。李商隐与德裕没有直接接触，但政见较倾向于李党，李党中坚郑亚、李回对他亦颇器重。李党失势后，李商隐反而进一步靠拢之，放弃京职，随郑亚远赴桂海。郑亚也把为李德裕《会昌一品集》作序的重任交给商隐。李商隐在序文中热情赞颂李德裕执政的功绩，称他为"万古之良相"。《李卫公》这首短诗可能即作于这前后，用隐晦含蓄的象喻表达了对李德裕悲惨下场的深深同情，纪昀评曰："格意殊高，亦有神韵，似更在赵嘏《汾阳宅》诗以上。"（《玉谿生诗说》）赵嘏的《经汾阳旧宅》为追思中唐名臣郭子仪而作，诗云："门前不改旧山河，破房曾经马伏波。今日独经歌舞地，古槐疏冷夕阳多。"究竟孰高孰低，读者不妨一比。

漫成五章

沈、宋裁辞矜变律[1],王、杨落笔得良朋[2]。
当时自谓宗师妙,今日惟观对属能[3]。

李、杜操持事略齐,三才万象共端倪[4]。
集仙殿与金銮殿,可是苍蝇惑曙鸡[5]?

生儿古有孙征虏[6],嫁女今无王右军[7]。
借问琴书终一世,何如旗盖仰三分[8]?

代北偏师衔使节,关东裨将建行台[9]。
不妨常日饶轻薄,且喜临戎用草莱[10]。

郭令素心非黩武[11],韩公本意在和戎[12]。
两都耆旧偏垂泪,临老中原见朔风[13]。

【注释】

1　沈、宋:沈佺期、宋之问,初唐齐名的诗人。《新唐书·宋之问传》:"魏建安后迄江左,诗律屡变,至沈约、庾信以音韵相婉附，属对精密。及之问、沈佺期，又加靡丽，回忌声病，约句准篇，如锦绣成文，学者宗之，号为沈、宋。"矜变律：以善于变化诗律而矜持自得。

2　王、杨：王勃、杨炯。《新唐书·王勃传》："勃与杨炯、卢照邻、骆宾王皆以文章齐名，天下称王、杨、卢、骆四杰。"此言"得良朋"是兼指四人。

3　宗师：开宗立派的祖师。对属：即属对，撰作对偶文字。二句实谓当初以令狐楚为宗师，学习骈体章奏，今日看来不过是学了对仗的小技而已。

4　李、杜：李白、杜甫。操持：本指操守，此兼指"操翰墨"的才能，杜甫《戏为六绝句》："纵使卢、王操翰墨，劣于汉魏近风骚。"事略齐：谓李、杜诗才相当。三才：古以天、地、人为三才，语出《周易》。端倪：头绪，亦即今俗语"苗头"之意。

5　集仙殿：开元十三年，玄宗召学士张说等宴于此，改名集贤殿。天宝中，杜甫献三大礼赋，玄宗命待制集贤院，但因宰相李林甫伪称"野无遗贤"，而未被录用。见《新唐书·杜甫传》。金銮殿：天宝初，李白因贺知章推荐，被召金銮殿，论当世事，奏颂一篇，玄宗赐食，亲为调羹，命待诏翰林。但因李白傲视王侯，遭谗被放。见《新唐书·李白传》。可是：犹"是否"。苍蝇：喻指谗害和排抑李白杜甫的奸佞之徒。曙鸡：喻李、杜。《诗经·齐风·鸡鸣》："匪鸡则鸣，苍蝇之声。"二句问李、杜怀大才，亦有机遇，终终被斥，是否受了谗言之害？抑或更有其他原因?

6　孙征虏:指三国时吴主孙权,权字仲谋,曹操曾表请任其为讨虏将军,并说过"生子当如孙仲谋"的话。见《三国志·吴书·孙权传》。

7　王右军:指晋王羲之。《晋书·王羲之传》载:太尉郗鉴令人往丞相王导家求婿,王氏诸子弟皆自矜持,惟羲之坦腹东床,郗鉴认为这才是佳婿。后来羲之做到右军将军、会稽内史。

8　"借问"二句:琴书终一世,指王羲之。他好服食养性,以琴书为乐,中年辞官,不再出仕。旗盖仰三分,指孙权。传说三国时,东南曾现"紫盖黄旗"之云气,是孙吴当兴的征兆。孙权也确实使吴国强盛,与魏、蜀三分天下。二句谓试问像王羲之那样终生以琴书自娱,比孙权建立鼎足三分的大业,究竟如何?言下之意是前者一定不如后者吗?

9　代北偏师:据《新唐书·地理志》:代州雁门郡,北有大同军,西有天安军,又有代北军。冯浩《玉谿生诗集笺注》云:"代北二句,专为石雄发,以见李卫公之善任人也。"石雄本关东一裨将,会昌初,受命以代北偏师(非主力部队)抗御回鹘乌介可汗,迎还太和公主,作战英勇,后在平泽潞之战中又建功勋。建行台:行台是隋唐守边大将行署的名称,此指石雄被任为方面大将,建立了他的行台。

10　"不妨"二句:冯注:"(石)雄本系寒,又召自流所，党人既排摈于德裕罢相之后，必早轻薄于德裕委任之时，故曰'不妨常日饶轻薄，且喜临戎用草莱'也。"冯又云："雄为党人排摈，义山受党人之累，故特为之鸣不平，而致慨于卫国也。"草莱，即草野、草茅之意，形容石雄之出身低微。

11　郭令：指唐肃宗时之中书令郭子仪。素心：本心。黩武：好战，好炫耀武力。据两《唐书·郭子仪传》，子仪掌兵权多年，忠心保国，屡屡抑平吐蕃、回纥及其他少数民族的侵扰，而尽量少动干戈，故曰其素心非黩武。

12　韩公：指唐中宗时的朔方总管张仁愿，筑三受降城以御突厥，封韩国公。和戎：与戎狄和平相处。此句与杜甫"韩公本意筑三城，拟绝天骄拔汉旌。"(《诸将五首》)意同。

13　两都：西京长安和东都洛阳。耆（qí其）旧：年高有声望者。两都耆旧概指中原父老。见朔风：喻指重见边地风俗，实指收复边地。冯浩注云："五章咏河湟收复之事，而悼卫公也。"史载：宣宗大中三年（849）收复河湟（今甘肃、宁夏之一部），河陇耆老率长幼千馀人赴阙，莫不欢呼抃舞，争冠带于康衢。这也就是所谓"中原见朔风"。

【解读】

《漫成五章》，旧称连章体，今名组诗，是一组具有内在联系的诗篇。前二章借诗人沈、宋、王、杨、李、杜立

言，实皆义山自喻。沈、宋诸人，诗才虽高，却不免潦倒；义山从令狐楚学得骈文技巧，政治上却进身无路，充当幕僚则几如鬻文为生，今日算来，只剩下善于对仗这一项无用的本领。此言之"谢本师"意味殆难否认。而思考自己所以沦落的原因，便自然想到李、杜的遭谗受摈——无论什么时代，正直之人虽"三才万象共端倪"，也总斗不过足以惑乱晨鸡之鸣的嗡嗡苍蝇。愤懑不平、刺世嫉俗之意跃然纸上。第三章又以贵为国主的孙权与琴书一世的王羲之对比，否定了男儿必须建功立业的世俗观念。这无疑很对，但在李商隐那里却不免有点自我解嘲和阿Q味。前三章从自身遭际出发而批评时代与社会，后两章笔触直接指向时代和社会。四章透过赞美石雄，歌颂了发现和重用石雄的李德裕，也就对李德裕的不幸结局寄予了深切同情。五章明写大中三年的收复河湟，暗颂为此胜利奠定基础而此时已贬死海南的李德裕，对政坛的黑暗不公作了无声的控诉。

　　五章诗结构似散漫，但存在着"由己身而及于国家"的思想线索；用词虽隐晦，但愤时疾世之意流露于字里行间，不难把握。这种连章诗体，杜甫甚喜使用，如《诸将五首》、《秋兴八首》、《戏为六绝句》等，均能纵横开阖，具有深厚的历史含量和发人深省的哲学思理。义山此五章思绪十分复杂，故宜结合其身世反复体味寻绎。

哭刘蕡

上帝深宫闭九阍,巫咸不下问衔冤[1]。
黄陵别后春涛隔,溢浦书来秋雨翻[2]。
只有安仁能作诔,何曾宋玉解招魂[3]!
平生风义兼师友,不敢同君哭寝门[4]。

【注释】

1　九阍:犹九门、九关。《礼记·月令》注:"天子九门。"宋玉《招魂》:"君无上天些,虎豹九关,啄害下人些。"此指九重之门,亦谓九天高处之门,如刘禹锡《楚望赋》:"高莫高兮九阍。"巫咸:古代的神巫。屈原《离骚》:"巫咸将夕降兮,怀椒糈而要之。"二句谓帝宫紧闭,有沟通天人之责的神巫也不来问冤。

2　黄陵:指湖南湘阴的黄陵庙,去年二人在此相遇并作别,李商隐曾有诗赠刘蕡。溢浦:指江州,即今江西九江。古江州因有青盆山,其城曰溢城,其水曰溢浦。书来:指讣书,即噩耗。

3　安仁:晋潘岳,字安仁。《晋书·潘岳传》说他"辞藻绝丽,尤善为哀诔之文"。宋玉:战国楚人,因哀怜屈原忠而见斥,沉江而死,魂魄放佚,乃作《招魂》,欲复其精神并讽谏怀王。二句意谓自己只能像潘岳那样为刘蕡写作诔文,却不能像宋玉那样为老师招魂。

4 "平生"二句：《礼记·檀弓》记孔子曰："师，吾哭诸寝；朋友，吾哭诸寝门之外。"李商隐敬佩刘蕡的风操节概，友而视之为师，故不敢自居同等地位而哭吊于寝门之外（即要执对师礼而哭诸寝）。

【解读】

刘蕡去世，李商隐共写了四首悼诗，这是其中的一首七律，另外三首均为五律。这些诗的一个共同特点，是不但痛惜一位正直有为而生涯坎坷的友人逝世，而且由人及己，想到更多士人的怀才不遇，想到政治现实的腐朽黑暗，想到国家朝廷的积弊和衰颓不振的命运。所以他的哭悼不仅是哀伤的，而且是激愤的、富有批判性的，其矛头指向最高统治者。这在本诗首联就充分表现出来了。在其他几首中，有这样的句子："路有论冤谪，言皆在中兴。"（《哭刘司户蕡》）"有美扶皇运，无谁荐直言。""一叫千回首，天高不为闻！""并将添恨泪，一洒问乾坤。"（《哭刘司户二首》）主旨完全相同。金圣叹评本诗曰："一解四句，便有搏胸叫天，奋颅击地，放声长号，涕泗纵横之状。"这也是我们读诗的感受。三联用虚词绾合二古人，恰切地抒发了悲痛而无奈的心情，含意丰富而句式峭劲灵活。结句的"平生风义兼师友"，因其对友人的深情和准确概括，至今仍活在人们口中和笔下。

龙　池[1]

龙池赐酒敞云屏[2]，羯鼓声高众乐停[3]。
夜半宴归宫漏永，薛王沉醉寿王醒[4]。

【注释】

1　龙池：唐兴庆宫中的一个景点，在兴庆殿之后，其池"弥亘数顷，深至数丈，常有云气，或见黄龙出其中"（徐松《唐两京城坊考》）。

2　云屏：云母屏风。

3　羯（jié节）鼓：出自羯族的一种鼓，《旧唐书·音乐志》说它"正如漆桶，两手具击。以其出羯中，故号羯鼓，亦谓之两杖鼓"。玄宗特爱此乐，并善击此鼓。

4　薛王：李业，唐睿宗第五子，玄宗李隆基之弟。史载他死于开元二十二年。寿王：李瑁，玄宗第十八子。杨玉环原是他的妃子。

【解读】

李隆基以父王之尊，夺儿媳（寿王妃杨玉环）为妃，是一桩违背封建伦理的丑事，而杨玉环及其家族（特别是杨国忠）的得宠，又与天宝之乱很有关系，所以唐诗中以李、杨婚姻为题的歌咏不少，观点也颇多歧异。李商隐写了不止一首诗讽刺此事，《龙池》和《骊山有感》是其中两篇。

　　《龙池》的妙处是虚构情景，纯用白描，不着一字议论，而讽刺之意显见。龙池赐宴，羯鼓高奏，都是想像的欢乐场面；"敞云屏"三字暗示内外不分，杨妃在场，却是作者的用心处。夜半宴罢薛王沉醉，纯属编派，因为他与寿王并不同时，此时早已死去；关键是"寿王醒"三字，与之形成强烈对比，使人不能不探究其中缘由。于是，玄宗的欢乐建筑在寿王的痛苦之上的题旨，便突显出来。作者的讽刺是冷隽的，你可以说他"大伤诗教"，但不能不承认他"含蓄"、"蕴藉"、"讽而不露"，而在这一切背后，是对帝王丑行的蔑视，而不是为尊者讳。

骊山有感

骊岫飞泉泛暖香[1],九龙呵护玉莲房[2]。
平明每幸长生殿[3],不从金舆惟寿王。

【注释】

1 骊岫(xiù 袖):即骊山,在今陕西临潼县,山多温泉,唐在此建温泉宫,后改称华清宫,唐明皇常与杨贵妃前去避寒暑。

2 "九龙"句:双关,表面描写骊山温泉汤池中的白石鱼龙及石莲花等物,据《明皇杂录》,安禄山曾于范阳雕白玉石为鱼龙凫雁及石莲花以献,明皇大悦,令陈于汤中;实际是影指唐明皇(龙)对杨贵妃(玉莲房)的百般宠爱。

3 长生殿:骊山华清宫中的斋殿,行斋祀之礼在此。

【解读】

本诗主旨和手法略同《龙池》。首联写景,有意更带香艳气息,而且语含双关,把李隆基的荒淫无耻渲染得格外淋漓尽致,揭露也更有力。下联所写纯系虚构,乃作者推想应该如此。平明到长生殿,本为斋祀仪式,但寿王不从金舆,却不免使人想起"七月七日长生殿,夜半无人私语时"的旖旎情节,父皇如此不伦,寿王拒绝(或不便)

随从乃父金舆,也就不难理解。中国古代向来宫闱事秘,所谓"宫中行乐秘,少有外人知"(杜甫《宿昔》)。然而民间却因此格外喜欢打听、造作、传播皇家、贵族的隐事秘闻,唐人且喜写为诗歌,或表艳羡赞叹,或含讥刺揶揄,均从一个方面反映了民俗心理。元稹、白居易、张籍、王建、张祜等人多有此类作品,李商隐亦不例外,而以讽刺居多,则是义山特色。

华清宫

华清恩幸古无伦,犹恐娥眉不胜人[1]。
未免被他褒女笑,只教天子暂蒙尘[2]。

【注释】

1 "华清"二句:写唐明皇对杨贵妃的宠爱古今无与伦比,但似乎还嫌不够。娥眉,美丽的女子,指杨贵妃。

2 褒女:即褒姒,周幽王的宠妃,绝不肯笑,幽王举烽火示警,诸侯入援,见镐京平安无事,懊丧而归,褒姒乃笑。几次以后,诸侯不再相信。后犬戎来攻,幽王再举烽火,救兵不至,城破,幽王被杀,褒姒被掳,西周遂亡。见《史记·周本纪》。二句以揶揄口吻说杨玉环而实讽刺唐明皇,意谓褒姒的娇宠使西周灭亡,杨玉环却只做到让明皇逃往成都,暂蒙烟尘,"能耐"小多了,恐怕会被褒姒轻视吧。

【解读】

古人有"女祸亡国论",比如西周之亡,就怪褒姒,商纣亡国就怪妲己。唐安史之乱,也有人责怪杨玉环及其家人。李商隐似乎更想归罪唐明皇,在《马嵬二首》等诗中，隐晦含蓄地表明了他的观点。这首《华清宫》主旨相同，但用反讽手法，构思更为婉曲拗折，而语调则更为尖刻冷隽，是一首很具义山个人特色的政治诗。

咏 史

历览前贤国与家,成由勤俭败由奢。
何须琥珀方为枕,岂得真珠始是车[1]?
运去不逢青海马,力穷难拔蜀山蛇[2]。
几人曾预南薰曲,终古苍梧哭翠华[3]。

【注释】

1 "何须"二句:琥珀枕、真珠车,均古皇家所用的奢侈品。二句用"何须……岂得……"的否定句式具体显示勤俭的含义。

2 青海马:产于青海的名贵骢马。此借指汉武帝国运昌盛时发现于渥洼水的天马。见《汉书·武帝纪》。蜀山蛇:《华阳国志》载:蜀有五丁力士,有移山之力。秦惠王许嫁五女于蜀,蜀遣五丁迎之,至梓潼,见一大蛇入穴中,五丁合力拔蛇,致使山崩,压杀诸人。二句用典,意在突出"运去"、"力穷"。

3 南薰曲:《礼记·乐记》:"昔者舜作五弦之琴以歌南风。"疏:"其词曰:'南风之薰兮,可以解吾民之愠兮。'"此喻君王爱民求治之心意。苍梧:《礼记·檀弓》:"舜葬于苍梧之野。"翠华:帝王车舆所用的羽旗。

【解读】

咏史诗有两种，一是有具体咏叹对象，一是对历史现象或规律作概括性咏叹。此诗属于后者。前二联提出历代兴亡成败的原因，本诗的倾向是肯定勤俭治国。三联推进一步，但也可以说是转折，认为比勤俭更为重要的，其实是国运和国力，一旦运去，就是虞舜那样的贤君也无回天之力，而只能遗恨终生。这才是本诗的主旨。诗人虽然说不清"运"究竟是什么，但他确实感到仅靠勤俭（包括皇帝个人的其他努力），不足以挽救一个时代的衰颓之势，而且在他看来，唐朝的国运似乎已去，难以挽回了。这种认识不免模糊含混，却是敏感的、深刻的，不但可以说明唐代，还能用于观照许多末代帝王。

以前注家的思路则是一定要为此诗找一个咏叹对象，找的结果是唐文宗李昂。李昂节俭，史有明文；李昂清除宦官的失败，也载于史册。他可算自身勤俭而无力挽救国势的典型。继续引申，则"青海马"是喻贤才，"蜀山蛇"是指宦官，也被体会出来了。而尾联就被视作对文宗的哀悼。于是这首咏史诗就变成了用典故影指现实的作品。这种阐释是否符合作者原意呢？还是请贤明的读者判断吧。

华岳下题西王母庙

神仙有分岂关情？八马虚追落日行[1]。
莫恨名姬中夜没[2]，君王犹自不长生[3]。

【注释】

1 有分（fèn 份）：有定数，有缘分。八马：指周穆王的八匹骏马。《穆天子传》载：穆王乘八骏西行访王母而未得。故曰"虚追落日行"。

2 名姬：指盛姬。穆王游于河济，盛君献女（即盛姬），王为筑台，砌以玉石，号重璧台，未几，盛姬死。

3 君王：指周穆王。据《史记·周本纪》：穆王即位，春秋已五十，在位五十五年崩。

【解读】

周穆王既想成仙，又爱美色，均曾肆力追求，结果却两皆落空，诗即赋此。二联分说二事，作者的倾向于叙述口气之中见出。成仙需有缘分，非钟情即可致，"有分"、"岂关"，是劝慰，还是冷嘲？仅看下句"虚"字，还是难于判断。后半云：求仙的君王犹有一死，名姬的亡故又有何可恨叹？说得相当绝情。无奈事实如此，诗人不过予以坦陈和揭示，真理往往就是如此冷酷。反复吟味全诗，作者对这位君王的同情似乎少于嘲讽，但要说有多么严厉的讽刺，似也未必。不少注家指实此诗"暗寓武宗王才人事"，猜测而已。

宋 玉

何事荆台百万家[1]，惟教宋玉擅才华！
楚辞已不饶唐勒[2]，《风赋》何曾让景差[3]？
落日渚宫供观阁[4]，开年云梦送烟花[5]。
可怜庾信寻荒径，犹得三朝托后车[6]。

【注释】

1　荆台：《孔子家语·贤君》："楚王将游荆台，司马子祺谏。"此以之比喻楚国。

2　楚辞：指以屈原《离骚》、《九歌》，宋玉《九辩》、《招魂》为代表的辞赋作品。西汉刘向辑录之而命之曰"楚辞"。不饶：不差于。唐勒：宋玉同时的楚国文士。

3　《风赋》：宋玉的赋篇代表作。景差：亦宋玉同时的楚国文士。

4　渚（zhǔ 主）宫：楚王的别宫，在郢都之南。

5　开年：即明年。云梦：云梦泽，楚地的大湖。司马相如《子虚赋》："云梦者，方九百里。"

6　"可怜"二句：唐余知古《渚宫故事》："庾信因侯景之乱，自建康遁归江陵，居宋玉故宅，宅在城北三里，故《哀江南赋》云：'诛茅宋玉之宅，穿径临江之府。'"冯浩注引《北史·庾信传》云：庾信在梁武帝时为东宫抄撰学士，后又在梁简文帝、梁元帝朝中任职，是

"三朝"也。后车，曹丕《与吴质书》："从者鸣笳以启路，文学托乘于后车。"

【解读】

义山诗中以宋玉自喻者不止一例。此则以全篇咏宋玉，谓其才华卓绝，国之翘楚，楚地风物皆助成其辞赋佳作，即其馀沥遗泽亦足沾溉后人，庾信托其后车，便以文雄视萧梁三朝。这里，赞赏古人与叹惜自身相交错，自豪与悲哀互融，感情相当复杂。而作为七律核心的中间二联，对仗工稳而开阖自如，颔联句式灵动，用"已不饶"、"何曾让"推进加强，显豁而有力；颈联声韵十分讲究，叶葱奇指出："'宫供'与'梦送'是故意用叠韵字相接，这在（义山诗）集中也是独创一格的句法。"（《李商隐诗集疏注》）

楚　宫[1]

湘波如泪色滚滚,楚厉迷魂逐恨遥[2]。
枫树夜猿愁自断,女萝山鬼语相邀[3]。
空归腐败犹难复,更困腥臊岂易招[4]?
但使故乡三户在,彩丝谁惜惧长蛟[5]!

【注释】

1　楚宫:朱彝尊、何焯、程梦星等均认为题应作"楚厉"。从诗的内容和义山取题之法看(此取第二句的首两字),很有可能。

2　滚滚(liáo 聊):水清澈貌。楚厉:指屈原,他投汨罗江而死,无后人、无归处,古称"鬼无所归则为厉"(《左传》昭七年),亦可称"迷魂",即冤魂。

3　"枫树"二句:化用屈原、宋玉原诗为句,写楚厉的生活环境。宋玉《招魂》:"湛湛江水兮上有枫,目击千里兮伤春心。"屈原《九歌·山鬼》:"雷填填兮雨冥冥,猿啾啾兮狖夜鸣。"《九歌·山鬼》:"若有人兮山之阿,被薜荔兮带女萝。"

4　"空归"二句:正写楚厉。犹难复、岂易招,均指难以为楚厉招魂,原因是屈子沉江后,身体腐烂了,葬身鱼腹(更困腥臊)了。

5　三户在:《史记·项羽本纪》:"楚南公曰:'楚虽

三户,亡秦必楚!'"极言楚人的不屈精神。彩丝:指五彩丝线扎成的粽子。《续齐谐记》:"屈原五月五日投汨罗死,楚人每至此日,竹筒贮米投水祭之。汉建武中,长沙欧回白日忽见一人,自云三闾大夫,谓回曰:'闻君当见祭,甚善,但常年所遗,并为蛟龙所窃,今若有惠,可以楝树叶塞其上,以五色丝缚之,此二物蛟龙所惮。'回依其言。世人作粽,并带五色丝及楝叶,皆汨罗遗风也。"

【解读】

屈原是中国古代文人心目中忠君爱国的楷模,李商隐对他极为崇敬。义山又屡次到过湖南,有很多凭吊屈原的机会。此诗自是触景生情之作,由湘江清澈的流水和每年五月楚人对屈原的追念活动,想到屈原滔滔无尽的悲恨,想到屈原不朽辞赋所缔造的幽深意境,和屈原所代表的楚人不灭的反抗精神,不禁发出李商隐诗少有的刚强之音。

过楚宫

巫峡迢迢旧楚宫,至今云雨暗丹枫[1]。
微生尽恋人间乐,只有襄王忆梦中[2]。

【注释】

1 巫峡:长江三峡之一,在今四川省。旧楚宫:《太平寰宇记》:"楚宫在巫山县西二百步阳台古城内,即襄王所游之地。"云雨:宋玉《高唐赋序》写楚襄王游云梦台高唐观,从宋玉获知先王曾在此梦遇巫山神女,神女临去,说:"妾在巫山之阳,高丘之阻,旦为行云,暮为行雨,朝朝暮暮,阳台之下。"此地既实指自然界的云雨,又指巫山神女的行踪。

2 微生:细小的生命或卑微的人生。襄王忆梦中:宋玉《神女赋序》说,宋玉奉襄王之命赋高唐后,襄王果然梦到了神女,于是再命宋玉赋神女。

【解读】

《高唐赋》、《神女赋》是宋玉的两篇杰作,说先王梦遇神女的是宋玉,果真梦见神女而赋咏之的,也是宋玉,襄王只是听宋玉说,看宋玉的文而已,但李商隐在这首诗中故意含混,把宋玉和襄王合二为一了。"只有襄王忆梦中",其实也就是宋玉忆梦中,他们与芸芸众生只求现世

的快乐不同，醉心的是理想和超凡的美，是虽然空虚不可即却值得永远追寻、永难忘怀的经历和回忆。当诗人身处巫峡的云雨和丹枫之中，他不能不想起宋玉和襄王的美梦，而且情不自禁地把自己跟他们联系起来了。

楚 吟

山上离宫宫上楼,楼前宫畔暮江流。
楚天长短黄昏雨,宋玉无愁亦自愁。

【解读】

　　此诗用叠字回环,造成连绵谐和的声韵,传达凄清悱恻的情调,三句写眼前景,如摄影镜头般移动,由高远至低近再至高远,逼出末句,道明诗人心态,怎一个愁字了得!

题汉高祖庙[1]

乘运应须宅八荒，男儿安在恋池隍[2]？
君王自起新丰后[3]，项羽何曾在故乡[4]！

【注释】

1 汉高祖：刘邦。《汉书·高帝纪》："高祖，沛（今江苏沛县）丰邑中阳里人也，姓刘氏。"刘邦曾在沛县泗水任亭长，后即在此建汉高祖庙。

2 八荒：古云四海之外有八泽，再外为八埏，再外即为八荒。宅八荒者，以八荒为宅，以天下为家也。池隍：城池，有水为池，无水为隍。

3 新丰：在今陕西临潼，刘邦定都关中后，其父思乡，乃仿沛县丰邑而建新丰以居之。

4 项羽：楚贵族，起兵反秦，一度为众义军之首。攻入咸阳，见秦宫残破，欲东归，说："富贵不归故乡，如衣绣夜行。"于是分封秦地，自立为西楚霸王，都彭城（今江苏徐州）。见《史记·项羽本纪》。

【解读】

每一个历史人物都可以从多方面来评价，汉高祖刘邦更是如此。李商隐在这首诗中把刘邦和项羽对比，取的角度是胸怀大志者，应该乘运而起，以四海八荒为家，事业成功了就能将老家整个儿搬迁到身边，而目光短浅者贪恋池隍，却必然事与愿违，项羽生前死后就都未能安居家乡。历史告诉人们的，是这样的辩证法。这也是李商隐少有的豪气十足的作品，鼓吹胸怀大志，也未忘"乘运"的重要。约与《偶成转韵七十二句赠四同舍》写于同时，大中三、四年（850—851）到徐州武宁军节度使卢弘止幕不久。

四皓庙[1]

羽翼殊勋弃若遗,皇天有运我无时[2]。
庙前便接山门路,不长青松长紫芝[3]。

【注释】

1　四皓庙：四皓指秦末高士东园公、甪里先生、绮里季、夏黄公,隐居商山,因须眉雪白而人称四皓。其庙在商洛山、咸阳等多处皆有。

2　羽翼殊勋：指四皓辅佐维护太子刘盈的功勋。刘邦本拟废刘盈另立太子,吕后求计于张良,张良建议卑辞安车固请四皓出山。一次宴会,刘邦看到自己邀请不动的四皓陪侍着刘盈,认为其羽翼已成,遂消除了废立的念头。见《史记·留侯世家》。弃若遗：刘盈即位后,对四皓毫无封赏,弃之若遗。"皇天"句：用四皓口吻,谓汉自惠帝刘盈以后逐步走向稳定,国运昌盛,而对四皓来说,却未时来运转。

3　山门：指寺庙的大门。青松：暗喻秦之五大夫松,始皇封禅遇雨,在松下躲避,归后封此松为五大夫。紫芝：四皓曾作《紫芝之歌》表达了守贫乐道之志。冯浩注云："紫芝,隐居之物；青松,栋梁之器,故云。"(《玉谿生诗集笺注》)

【解读】

　　本诗咏四皓故事而致慨于皇家的薄情寡恩。诗拟四皓口吻，实乃义山心声。首句的概述已表明然否倾向，羽翼殊勋岂可忘？然而竟被弃之若遗。于是"皇天有运我无时"一句，便把皇天与我对立起来，这话说得寒心，不仅是代四皓言，甚且是为一切对王朝做过贡献、对皇家抱有期望的文士同声一哭了。下二句代四皓说，又像是对四皓们说：我们的路只通向山林（而不是庙堂），别做五大夫松那样的好梦，还是如紫芝那样出世，当个隐士吧。话说得旷达高蹈，却并非心甘情愿，实在心酸得很。要说其中有义山的切身之痛，是不难理解的。

贾　生[1]

宣室求贤访逐臣，贾生才调更无伦[2]。
可怜夜半虚前席，不问苍生问鬼神[3]。

【注释】

1　贾生：指西汉贾谊。《史记·屈原贾生列传》载：贾谊，洛阳人，年少才俊，汉文帝时由博士迁太中大夫，将任为公卿，遭诸老臣妒恨谗毁，贬长沙王太傅。数年后征见，文帝方受釐（xī希，接受祭过神的肉），坐宣室，因感鬼神事而问之，至夜半，文帝不觉前席，说："吾久不见贾生，自以为过之，今不及也。"诗即咏此故事。

2　宣室：汉未央宫前殿正室，皇帝临政之处。逐臣：指贾生。才调：才情胸襟。无伦：无与伦比。

3　"可怜"二句：古人席地而坐，谈得投机，愈来愈向对方靠拢，谓之前席，此指文帝被贾生的谈话吸引，不觉向他靠拢。然而文帝感兴趣的只是鬼神之事，而不是国计民生，所以说是"虚"前席，即白白地靠拢了，作者为此感到可悲可叹可怜。

【解读】

历来论者皆注意到此诗的议论，胡应麟甚至评其为"宋人议论之祖。"（《诗薮》）但纪昀说得更到位："纯用议论矣,却以唱叹出之,不见议论之迹。"(《玉谿生诗说》)分析此诗,真正属于议论的,只是"可怜"二字。其馀全是唱叹,甚至纯系述史,但于叙述中略施狡狯——"前席"是实,"虚"字含评判意;"问鬼神"是实,"不问苍生"是故意点出使之鲜明对立。《史记》记载贾谊这段经历,并无批判之意,是李商隐从中发掘出可议可批之处,这是读史有得,是有意唱反调,所谓"反其意而用之",高明诗人的本领恰在此等处。

茂 陵[1]

汉家天马出蒲梢[2],苜蓿榴花遍近郊[3]。
内苑只知含凤嘴[4],属车无复插鸡翘[5]。
玉桃偷得怜方朔[6],金屋修成贮阿娇[7]。
谁料苏卿老归国[8],茂陵松柏雨萧萧。

【注释】

1 茂陵:汉武帝陵墓,在今陕西兴平县东南。

2 天马:《史记·乐书》:"后伐大宛,得千里马,马名蒲梢,次作以为歌。歌诗曰:'天马来兮从西极,经万里兮归有德。承灵威兮降外国,涉流沙兮四夷服。'"

3 苜蓿:牧草名,由古大宛语音译来。《史记·大宛列传》:"俗嗜酒,马嗜苜蓿。汉使取其实来,于是天子始种苜蓿、蒲萄肥饶地。及天马多,外国使来众,则离宫别观旁尽种蒲萄、苜蓿极望。"榴花:指安石榴,由张骞从西域引回中原。

4 内苑:皇家宫苑。凤嘴:凤凰的喙。相传用凤嘴熬胶,粘力极大,汉武帝曾用以粘断了的弓弦,再命力士拉之而不断,称为续弦胶。含凤嘴是用口濡化凤胶。

5 属车:随在皇帝舆辇后面的从车。鸡翘:鸡尾的长羽。

6 "玉桃"句:汉武帝好神仙,有传说云:王母降临，与之对坐，食三千年一熟的仙桃，时东方朔从殿南厢牖中窥望，王母说："此窥牖小儿尝三来盗吾此桃。"世人乃知东方朔原是神仙。见张华《博物志》。

7 "金屋"句：《汉武故事》载：刘彻幼为胶东王，姑母问他欲得妇否？指左右百馀人，均云不用，乃指其女阿娇问好否？笑对曰："若得阿娇作妇，当作金屋贮之。"

8 苏卿：指苏武。武帝天汉元年（前100）出使匈奴，被扣，十九年后方归。去时强壮，及还须发尽白，而武帝已死七年。

【解读】

此诗咏汉武帝。首联以天马、苜蓿等物的东来概其武功，次联写其田猎与微服出游，三联写其信道与女宠，末联叹息其亡故。每一联所写都是汉武帝的一个特点，都选择了最有代表性的细节，作以一当十的表现，读者看到的不仅是字面，字面背后还有一系列故事，综合起来，便是这千古一帝的全人。不少论者说此诗是在讥刺武帝，而汉之武帝又是在影射唐之武宗，尾联提到的苏卿则是义山自比。这些都是论者的发明，可供参考。我的粗浅感觉，此诗是凭吊千古雄主，深感其功勋伟而奢欲多，既未将其神化，亦不对其丑化，而是揭出其人性的多个侧面，诗中贯穿着、流荡着对伟人功过是非和生命俱逝的深深感喟。尾联与温庭筠《苏武庙》"回日楼台非甲帐，去时冠剑是丁年。茂陵不见封侯印，空向秋波哭逝川"意同。

吴 宫[1]

龙槛沉沉水殿清[2]，禁门深掩断人声。
吴王宴罢满宫醉[3]，日暮水漂花出城。

【注释】

1 吴宫：指春秋时吴国的旧宫。

2 龙槛：与水殿有关，建于水边的台殿为水殿，此殿周围雕有龙纹的栏杆即龙槛。

3 吴王：当指亡于越国的吴王夫差。

【解读】

李商隐曾到过江南，此诗当是游经吴国故宫时所作。吴亡于越，与吴王夫差的骄奢淫逸有关，诗人想像吴王当年的逸乐狂欢，把眼前所见与昔日情景融混重叠，首二句亦今亦古，难辨彼此。后二句，诗人进一步推想：当日吴王极尽淫乐，应该是如此这般吧。末句将镜头移至御沟之水漂花出城，思古的幽情形象化了，诗意也有了悠远不尽的空灵。

武侯庙古柏[1]

蜀相阶前柏,龙蛇捧閟宫[2]。
阴成外江畔,老向惠陵东[3]。
大树思冯异[4],甘棠忆召公[5]。
叶凋湘燕雨,枝拆海鹏风[6]。
玉垒经纶远[7],金刀历数终[8]。
谁将《出师表》[9],一为问昭融[10]!

【注释】

1 武侯庙:据《三国志·蜀书·诸葛亮传》:丞相诸葛亮,封武乡侯,谥忠武侯。成都有纪念他的祠堂,俗称武侯祠或武侯庙,与蜀先主庙相连,庙前有双大柏,人言是诸葛手植。杜甫《蜀相》:"丞相祠堂何处寻?锦官城外柏森森。"

2 龙蛇:形容古柏虬枝盘曲如龙蛇。捧:有拱卫意。閟(bì 必)宫:深闭的宫室,指诸葛祠。

3 阴:古柏的树荫。外江:指流经成都的郫江。惠陵:蜀先主刘备的陵墓。二句谓诸葛亮所种的古柏荫庇了整个蜀地,又护卫着先主的陵墓。

4 "大树"句:《后汉书·冯异传》载:汉光武帝刘秀的大将冯异战功卓著,但当诸将并坐论功之时,他总是独屏大树之下而不参与，军中呼其为"大树将军"。此谓诸葛亮如冯异一样有大功而不居功自伐。

5　"甘棠"句：西周召公（召穆公虎）勤政爱民，曾巡行南国，于甘棠（棠梨树）下休憩断案，很得民心，《诗经》中的《召南·甘棠》就是歌颂他的。此谓诸葛亮如召公一样受民众爱戴。

6　"叶凋"二句：谓古柏的枝叶被风雨吹打得凋残。湘燕雨，相传湘中零陵有石燕，遇风雨则飞，雨止还为石。见《湘中记》。拆，即坼（chè彻），裂开。海鹏风，用《庄子·逍遥游》鲲化为鹏，鹏徙南溟，乘风直上，抟扶摇而上九万里的语意，形容风之巨烈。

7　玉垒：山名，在成都西北汶川县，今属阿坝藏族自治州。经纶：规划治理。此谓诸葛亮治理蜀地眼光很远。

8　金刀：繁体刘字由卯、金、刀三部分组成，此以金刀代指刘，即刘氏。历数犹气运。此谓刘氏气数已尽。

9　《出师表》：诸葛亮于蜀汉建兴五年（227）进驻汉中，临行上表请伐中原，此表表现了诸葛亮筹划蜀汉军政的苦心和忠心，收入陈寿《三国志》，萧统将其收入《文选》，题为《出师表》。

10　昭融：明释道源注："昭融，天也。"

【解读】

诸葛亮与刘备的君臣遇合，诸葛亮的文武才略，诸葛亮对蜀汉的忠心耿耿和他的鞠躬尽瘁，历来是诗人歌咏的对象，杜甫的《蜀相》、《古柏行》、《咏怀古迹》（之五）脍炙人口，李商隐的《武侯庙古柏》、《筹笔驿》也非常有名。

李商隐大中五年（851）以东川从事的身份出差到成都推狱，拜谒武侯祠和写作此诗当在此时。诗从孔明庙前古柏入手，以庄严谨重的五言排律体歌颂诸葛亮，是义山咏史之力作。诗既赞孔明在蜀的文治武功，更美其忠诚爱民的崇高品德。五、六两句用典贴切工细，既形象又浓缩，是全篇之"眼目"、"主意"，最为人所称道。然而即使拥有诸葛亮这样的奇才，蜀汉仍然未能实现复兴汉室的愿望，诗人扼腕叹恨之馀，不能不归咎于时运的不利。诗末欲向苍天发问，不过是悲愤痛惜情绪的倾泄罢了。

或谓此诗有影比借慨唐宰相李德裕之意。德裕在会昌年间（841—846）文治武功可观，而大中初却被贬逐至死，诗人对他十分同情，曾有《李卫公》诗咏之，故有此种猜测也。

筹笔驿[1]

猿鸟犹疑畏简书,风云长为护储胥[2]。
徒令上将挥神笔[3],终见降王走传车[4]。
管、乐有才真不忝[5],关、张无命欲何如[6]!
他年锦里经祠庙,《梁父》吟成恨有馀[7]。

【注释】

1 筹笔驿:《方舆胜览》:"筹笔驿在绵州绵谷县(今四川广元县)北九十九里,蜀诸葛武侯出师,尝驻军筹划于此。"

2 "猿鸟"二句:描写筹笔驿的森严气象,这是作者的现场感受。简书,指军令文书。《诗·小雅·出车》:"岂不怀归,畏此简书。"《传》曰:"简书,戒命也。"储胥,军营中用以防卫的栅栏之类。二句谓筹笔驿附近的猿鸟似乎还被诸葛亮的军令所震慑,而风云也仍然护卫着他的军营。

3 上将:指蜀军统帅诸葛亮。

4 降王:指蜀汉后主刘禅,263年魏将邓艾攻破成都,刘禅降,随即被送往洛阳。传车:即驿车。

5 管、乐:管仲,政治家,辅佐齐桓公,使之成为"春秋五霸"之一。乐毅,军事家,战国燕将,曾伐齐,下七十二城。《三国志·蜀书·诸葛亮传》:"亮躬耕陇亩,好为《梁父吟》。身长八尺,每自比管仲、乐毅,时人莫之许也。惟博陵崔州平、颍川徐庶元直与亮友善,谓为信然。"真不忝:犹真不愧。

6 关、张:关羽、张飞,均蜀汉大将。关羽在与吴军作战中兵败被杀。张飞则是被部下杀害。二人事迹见《三国志·蜀书》本传。

7 他年:指昔年。锦里:指武侯祠所在的锦官城。《梁父》:指《梁父吟》,原是诸葛亮爱咏的古诗,代指作者前此所写的《武侯庙古柏》一诗。二句谓昔年到成都瞻仰武侯祠,曾咏诗叹恨不尽;言下之意,今亲至筹笔驿,想见当年筹划军事、指挥北伐的情景,岂不更加感慨万分!

【解读】

大中五年(851)李商隐有《武侯庙古柏》之作。九年,离蜀途中经广元,又作《筹笔驿》,对诸葛亮的才具功绩深表崇敬,对其所处时代,特别是"出师未捷身先死"的惨淡结局致以深切的哀悼和惋惜。此诗首联凌空振响、威猛雄壮,二、三联由痛惜而至于悲愤,尾联有意化咏史者与被咏对象恍惚为一,以深哀而长叹之,感情丰富,层次清晰,夹叙夹议,抑扬顿挫,一唱三叹,馀味无穷。纪晓岚评曰:"笔笔有龙跳虎卧之势"(《瀛奎律髓刊误》引)又曰:"一篇淋漓尽致,结处犹能作掉开不尽之笔,圆满之极。"(《玉谿生诗说》)堪称的评。

读任彦升碑[1]

任昉当年有美名,可怜才调最纵横[2]。
梁台初建应惆怅[3],不得萧公作骑兵[4]。

【注释】

1 任彦升:南朝齐梁时著名文人任昉,字彦升。任彦升碑或指任所作碑,或指关于他的碑,任何一种都足引起李商隐的感慨。

2 "任昉"二句:任昉于《梁书》、《南史》均有传,据载:昉八岁能文,富才学,早出名,尤长于笔(无韵之文),当时王公表奏无不请焉。与萧衍为友,与沈约齐名,人称"沈诗任笔"。可怜,此处有可叹意。

3 梁台:晋、宋间称朝廷禁近为台,禁城即称为台城,梁台即梁宫也。梁台初建谓萧梁初建国。史载:萧衍在建梁朝前,某次于竟陵王萧子良府遇到任昉,二人开玩笑,萧说:"我登三府,当以卿为记室。"任昉则说:"我若登三事,当以卿为骑兵(参军)",因为萧衍善骑。后来,萧衍建梁,果真让任昉作了骠骑记室参军,用其文才,草撰朝廷文书。萧公:指萧衍,原为南朝齐的雍州刺史,后夺齐祚,建立梁朝。

【解读】

本诗系义山从己身怀才不遇的遭际出发,借端寄慨——借才学高的任昉反做了不如他的萧衍之臣属一事,寄托文士的不平。但有的评论发挥得远离诗的实际,如朱彝尊说末句:"写出文人豪慨。"(《李义山诗集辑评》引)姚培谦说:"文人崛强如此,岂帝王所能夺耶!"(《李义山诗集笺注》)就属主观色彩过浓。倒是近人刘永济的评语值得玩味:"商隐此诗虽有升沉之感,然以任昉、萧衍二人事为言,颇具调侃之致,非直也。"(《唐人绝句精华》)一是他看出了诗的调侃色彩,也许还应加上自嘲和苦笑意味;二是他认为萧、任由朋友变为君臣,自有其复杂深刻的原因,义山的诗处理得并不合适,所谓"非直也"。说穿了,义山只是借题发挥,而且诗人本有"攻其一点不及其余"的特权。认真说来,仅文才了得,不用说做不成皇帝,就是当官,都难得当好,对此,义山未必不知。任昉落于萧衍下风,实在毫不为奇。至于屈复说"此刺彦升之有才无耻,大言不惭而终失节事梁武(萧衍)也。"(《玉谿生诗意》)比刘氏进一步,走向另一极端,恐亦不符作者原意。

齐宫词

永寿兵来夜不扃[1]，金莲无复印中庭[2]。
梁台歌管三更罢，犹自风摇九子铃[3]。

【注释】

1 永寿：南齐废帝东昏侯萧宝卷曾大起宫殿，如芳乐、芳德、仙华、含德等殿，又为其所宠潘妃建造神仙、永寿、玉寿三殿。永元三年（501）萧衍兵围建康（今南京），宝卷饮宴方歇未久，宫中内变，宝卷被杀。见《南齐书》、《南史》。此句写梁兵杀来，东昏与潘妃却只顾在永寿宫享乐，连宫门也不关。扃（jiōng窘，读平声）：关闭。

2 "金莲"句：东昏侯奢靡，曾凿金为莲花以贴地，令潘妃行走其上，说是"步步生莲花"。此句写齐亡，金莲自然不能再印于宫中庭院。

3 "梁台"二句：写萧梁又蹈南齐覆辙。九子铃，潘妃永寿等殿的装饰物。史载：东昏曾令拆取庄严寺的玉九子铃等物为潘妃殿饰。

【解读】

南齐的东昏侯是个出了名的荒淫之君，宠潘妃，凿金莲，花样极多，结果十九岁就死于臣下之手，很快，萧梁就取代了南齐。萧梁是否高明些呢？"梁台歌管三更罢，犹自风摇九子铃"，宫殿依旧，铃声依旧，彻夜的歌舞依旧。诗写到此而止，结论由读者自行得出：梁朝的速亡又怎能不依旧？南朝诸帝乃至历代昏君就是如此之不可救药！叙而不议而所欲论者甚明，这是诗的妙处。当然，叙述中是耍了些小手腕的，如"夜不扃"的本是含德殿，改为潘妃的永寿殿，金莲、九子铃也都与潘妃有关，这样就显得集中；利用小物件使诗形象化，犹如戏剧的妙用小道具，诗意也因此更为隽永含蓄，耐人咀嚼。

陈后宫[1]

茂苑城如画,阊门瓦欲流[2]。
还依水光殿,更起月华楼[3]。
侵夜鸾开镜,迎冬雉献裘[4]。
从臣皆半醉,天子正无愁[5]。

【注释】

1 陈后宫:咏南朝陈之后宫生活也。李商隐有《陈后宫》诗二首,此其一,所咏与陈后主并不贴切,故注家多以为是借古事以讽奢靡失政的唐敬宗。

2 茂苑:语出左思《吴都赋》:"佩长洲之茂苑。"此指皇家之宫苑。阊门:即阊阖,本指天门,喻皇宫正门。瓦欲流:宫瓦流光溢彩。

3 水光殿、月华楼:泛指陈后宫中的豪华建筑,未可征实。

4 "侵夜"二句:谓宫女夜半梳妆,后主冬穿雉裘。"鸾开镜"、"雉献裘"实为"开鸾镜"、"献雉裘",而鸾镜即镜子,雉裘是一种裘皮服,义山特拆词组句,使二物件名变成两种动作。何焯云:"作'开鸾镜'、'献雉裘'即笨。"(《李义山诗集辑评》引)

5 "从臣"二句:用北齐后主高纬荒淫,作《无愁曲》自夸,民间戏称其为"无愁天子"事,故意与陈后主相混，泛指一切昏君。

【解读】

义山咏史，虽立题目而其内容常不拘限于题，所思相当开阔，若泥考史实，难免有碍诗意。此诗题为陈后宫，诗材却不限于咏陈，还涉及北齐后主高纬，但亦不限于此，而是以陈、高二后主代表历代淫昏君主、末世帝王。诗云"从臣皆半醉，天子正无愁"，对亡国君臣醉生梦死的丑态作了皮里阳秋的嘲讽，若正说，则当如义山另一诗篇《无愁果有愁北齐歌》题面所示：天子倘自以为无愁，最终必将有大愁，即必将败亡也。

南 朝[1]

地险悠悠天险长，金陵王气应瑶光[2]。
休夸此地分天下，只得徐妃半面妆[3]。

【注释】

1 南朝：东晋元熙二年（420），刘裕废晋恭帝，建宋，仍以建康（即金陵，今南京）为都，此后历齐、梁、陈，至陈后主祯明三年（即隋文帝开皇九年，589），陈亡，这一百五六十年，史称南朝。

2 "地险"二句：谓南朝割江而治，在金陵为帝，据有长江和钟山、石城的险要形势，上应星宿天象。瑶光，本星宿名，此泛指天象。

3 徐妃半面妆：史载：梁元帝徐妃与帝不和，帝常两三年一入其房，妃闻帝将至，必画半面妆以待，讽刺他一只眼盲，帝见则大怒而出。见《南史·梁元帝徐妃传》。此与前句相连，便成南朝仅有半壁江山之喻。

【解读】

南朝的皇帝多无大志，亦无实力，只能偏安江左，苟且生存。或以占得江南为"分天下"，而不知这只像得到美人之半面妆而已。前二句平平道来，含蓄不见用意；后二句"休夸……只得……"以虚词绾合，表态鲜明，纯系议论，而精巧刻毒之至，真亏义山想得出！此语讽刺庸君固狠，触及人家生理缺陷，毕竟有伤厚道，纪昀评以"纤酶"，或不为无因？

南　朝

玄武湖中玉漏催[1]，鸡鸣埭口绣襦回[2]。
谁言琼树朝朝见，不及金莲步步来[3]？
敌国军营漂木柹[4]，前朝神庙锁烟煤[5]。
满宫学士皆颜色，江令当年只费才[6]。

【注释】

1　玄武湖：在建康（今南京），南朝宋文帝在东晋元帝所创北湖的基础上所开。见《宋书·文帝纪》。玉漏催：古用铜壶滴水计时，张衡《浑天制》："以玉虬吐漏水入两壶"，玉漏催谓时光已迟。

2　鸡鸣埭（dài带）：地名，在玄武湖北岸，埭即坝岸。齐武帝萧赜常携宫女游湖，早发，至对岸，鸡始鸣，故名鸡鸣埭。绣襦：女子衣装，此指宫女。绣襦回即指众宫女随帝游湖。

3　"谁言"二句：陈后主有艳诗《玉树后庭花》等，宠臣江总有"璧月夜夜满，琼树朝朝新"之句，均状写贵妃张丽华的美貌。齐东昏侯凿金莲花铺于地让潘妃行走其上，曰"步步生莲花"，已见前。二句以陈后主与齐东昏侯相比，谓二人荒淫不相上下。

4　敌国：指隋。木柹（fèi肺）：砍削树木而生的碎片。史载：隋文帝将伐陈，大举制作战船，人请密之，帝说：我将显天诛，何密之有？反令投木柹于水。句谓敌国即将大举进攻，陈后主仍麻木不仁。

5　前朝神庙：指陈后主前代的皇家祖庙。锁烟煤：被烟尘封罩，意谓久不祭祀打扫。《资治通鉴》卷一百七十六载陈太市令章华的谏言："陛下即位，于今五年，不思先帝之艰难，不知天命之可畏，溺于嬖宠，惑于酒色。祠七庙而不出，拜三妃而临轩。老臣宿将，弃之草莽；谄佞谗邪，升之朝廷。今疆场日蹙，隋军压境，陛下如不改弦易张，臣见糜鹿复游于姑苏矣。"

6　"满宫"二句：史载：陈后主选宫人有文学者多人为"女学士"，身为宰辅的江总，不亲政事，日与孔范、王瑳等文士十馀人陪侍游宴，赋诗赠答，号为"狎客"，所作诗轻靡浮华，无非赞美张、孔等妃嫔的容貌，又选宫女有颜色者千百人唱之。见《陈书·后主张贵妃传》、《南史·陈后主本纪》等。江令，指江总，他官居尚书令，故称江令。二句谓满宫都是颜色美好的女学士，以致江总写艳诗把才华都费尽了。

【解读】

题为"南朝"，所咏涉及南齐武帝萧赜、东昏侯萧宝卷和陈后主叔宝。四联分咏四事：一齐武之侵晨游湖（而不是上朝理政），二齐东昏侯和陈后主沉溺女色，三陈后主之背忘祖业和对敌情麻木，四陈后主君臣共狎与荒嬉。有这四条，不亡国者几稀矣。手法依然是以叙为主，叙中含议,"谁言……不及……"和"满宫学士"两联,以冷嘲和挖苦出之,感情是深沉而强烈的。钱良择批曰:"罗列故实,其意盖本《玉台》艳体作咏史诗也,义山创此格,遂为西昆诸公之祖。"(《唐音审体》)把义山诗置于诗歌史的发展中来论,很有见地。

咏 史

北湖南埭水漫漫，一片降旗百尺竿[1]。
三百年间同晓梦[2]，钟山何处有龙盘[3]？

【注释】

1 北湖南埭：指玄武湖。这里本是南朝操练水军之地，帝王亦常来此游玩，如今却只剩一片水漫漫，暗示政权已亡。一片降旗：语出刘禹锡《西塞山怀古》："千寻铁锁沉江底，一片降幡出石头。"本写晋灭吴，此谓南朝大都短祚，屡见降旗高举、改朝易代之事。

2 三百年间：南朝若从刘裕建宋（420）算起，到隋灭陈（589），共170年。但以孙权建吴（222）算起，经东晋，到陈亡，号为六朝，则有三百多年。三百年间换了许多朝代，每个朝代如晓梦一般短暂。

3 钟山：在建康东北，即南京市东的紫金山。据云诸葛亮曾到吴都建康，叹道："钟山龙盘，石城虎踞，帝王之宅也。"（张勃《吴录》）

【解读】

此诗总论南朝，以反诘形式指出虎踞龙盘的地理形势不足恃，诗意清晰，向无异议。义山在《行次西郊作一百韵》中曾说过："又闻理与乱，系人不系天。"看来，对于

国势盛衰来说，李商隐是认为，天意、地势，都不如人事重要，而君明臣贤尤为关键。唐人持此观点者很多，如刘禹锡就说过："兴废由人事，山川空地形。"(《金陵怀古》）此诗意思很是正大，句子也很铿锵有力，**既像慷慨激昂的处士横议，又简直像是对在位者的耳提面命**，在义山诗中确实要算是直率粗豪的作品。

北齐二首

一笑相倾国便亡，何劳荆棘始堪伤[1]？
小莲玉体横陈夜，已报周师入晋阳[2]。

巧笑知堪敌万机，倾城最在著戎衣[3]。
晋阳已陷休回顾，更请君王猎一围[4]。

【注释】

1 "一笑"二句：用周幽王为求褒姒一笑而屡举烽火戏弄诸侯，结果弄到亡国之典，以喻北齐之亡。佳人一笑国家便倾亡，夸张其为害之烈。《吴越春秋》载，吴王夫差听信谗言，伍子胥垂涕曰："……以曲为直，舍谗攻忠，将灭吴国……城郭丘墟，殿生荆棘。"意谓何需等到宫殿长满荆棘才来悲伤？语含尖刻讽刺。

2 小莲：即冯小怜，北齐后主宠妃。周师：指北周武帝的军队。晋阳：今山西太原市，北齐军事重镇。576年为周师所破。

3 巧笑：《诗经·卫风·硕人》："巧笑倩兮，美目盼兮。"万机：犹万几，万事的几微，语出《尚书·皋陶谟》："一日二日万几。"戎衣：军装。

4 "晋阳"二句：《北史·后妃传》："周师之取平阳，帝（后主）猎于三堆，晋州亟告急，帝将还，淑妃

（冯小怜）请更杀一围，帝从其言。识者以为后主名纬，'杀围'言非吉征。及帝至晋州，城已欲没矣。"

【解读】

义山咏史有正面感慨者，有反语嘲讽者，亦有两兼者。此二首全用叙述，属全用反语讥刺之例。一笑已足致国之亡，女色威力之强（祸害之巨）可知，"何劳"二字针对失国之君，冷得严酷。而以小怜玉体横陈、千娇百媚与晋阳城破、北齐将亡对举，谴责之矢显非对准女子，而是射向沉溺于那女子的君王。第二首的反讽更明显，"巧笑"竟堪敌"万机"，纯属笑谈，让女子著军装而呈倾城之色，岂非儿戏？却故意说得一本正经。"晋阳"二句概括史实（注家纠缠"更猎一围"事发生在平阳而非晋阳，实属无谓），不赞一词而高纬之荒唐昏聩已足令人齿冷。前人评二诗"神韵自远"、"风调欲绝"，洵非过誉。

隋　宫

紫泉宫殿锁烟霞[1]，欲取芜城作帝家[2]。
玉玺不缘归日角，锦帆应是到天涯[3]。
于今腐草无萤火，终古垂杨有暮鸦[4]。
地下若逢陈后主，岂宜重问《后庭花》[5]？

【注释】

1　紫泉：应为紫渊，避唐高祖李渊讳而改。司马相如《上林赋》："左苍梧，右西极，丹水更其南，紫渊径其北。"紫泉宫殿指隋都长安的宫殿。锁烟霞：被烟霞锁闭，谓无人居住。

2　芜城：指广陵，因鲍照《芜城赋》而得名，即今扬州。

3　玉玺：即传国玉印，皇权的象征。日角：古相书称额骨高挺为"日角"，此指李渊，据说他的长相是"日角龙庭"。锦帆：指隋炀帝的龙舟。二句谓倘非李渊代隋，炀帝的龙舟恐将游遍天涯。

4　"于今"二句：《隋书·炀帝本纪》："上于景华宫征求萤火，得数斛，夜出游山放之，光遍岩谷。"萤本生于腐草，此云当年捕捉过甚而至今绝种。《开河记》载：炀帝命人于隋堤上种垂杨树以使行船阴凉。二句写炀帝开运河南游的沿途遗痕。

5 "地下"二句：《隋遗录》（即《大业拾遗记》）载民间传说云：炀帝在江都，尝游吴公宅鸡台，恍惚与陈后主相遇，后主呼帝为"殿下"。帝见后主舞女中有一人迥美，颇注目，正是后主宠妃张丽华，遂请其舞《玉树后庭花》。后主问帝："龙舟之游乐乎？原以为殿下致治在尧舜之上，今日如此逸游，当初又何必那样严厉谴责我呢？"——原来，隋灭陈时，曾发露布宣示后主罪恶，炀帝（时为晋王，率兵平陈）还曾当面训斥过他。如今后主反问，炀帝语塞。忽寤，叱之，恍然不见。二句用此传说，意谓炀帝若果真在地下与陈后主相逢，怎可再问起亡国之曲《玉树后庭花》呢？而据传说，他竟问了，还请张丽华表演了，可见炀帝荒淫无耻更甚于陈后主。

【解读】

此篇历来被视为义山咏史杰作。首联宏观概括，笼罩全篇，已见功力不凡。而文字精工，对仗稳练，句式灵动多变、挥洒自如，于中二联体现得更为明显。玉玺—锦帆、日角—天涯、腐草—垂杨、萤火—暮鸦之俪对，不缘……应是……和于今无……终古有……之句式，使全诗意象纷呈，推挽自如，读来既铿锵又婉转，犹如一弯清澈流水，两岸景色变幻，令游人心眼俱活。尾联运用民间传说(《隋遗录》即是据此传说写成的小说），将故事纳入诗句，极大地增扩了诗的容量，由此暗示两个亡国之君实乃一丘之貉，更是一种幽默的深刻，深刻的幽默。

蝉

本以高难饱，徒劳恨费声。
五更疏欲断[1]，一树碧无情。
薄宦梗犹泛[2]，故园芜已平。
烦君最相警[3]，我亦举家清。

【注释】

1 疏欲断：蝉声时断时续，鸣咽欲绝。疏，疏散。

2 薄宦：指做个小官。梗犹泛：这是战国时苏秦引用的一个寓言，见《战国策·齐策》。桃梗人（桃树枝条刻削成的木偶）与土偶人争论，土偶说碰到发大水，桃梗人将漂流至海无所止。桃梗人反讥土偶说：碰到大水，你会烂成一堆泥。此截取寓言前半意，谓自己半生漂零作幕，流落天涯如桃梗。

3 警：警示、提醒。

【解读】

这是一首绝妙的咏物诗。咏蝉与叹己巧妙的结合，使蝉获得一种象征意义。首联写蝉，看似客观的描写渗透着浓浓的主观色彩，"高"字，树高、品高双关。"徒劳恨费声"更饱含对蝉的同情，而对其所处环境则怨恨谴责有加。大树本可自绿，无所谓有情无情，诗人却不由分说地

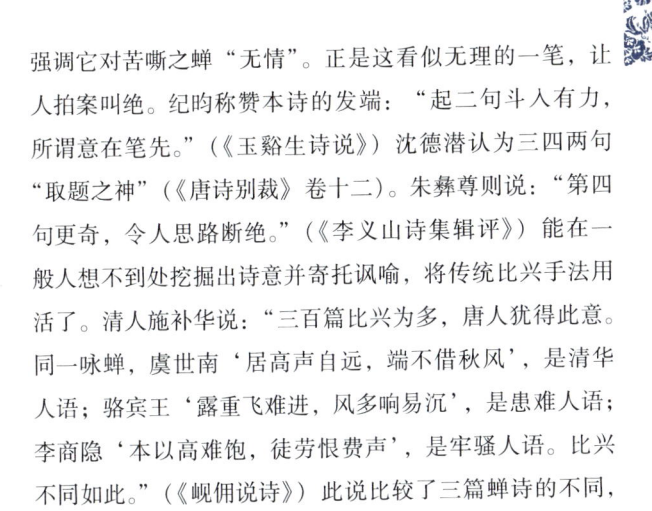

强调它对苦嘶之蝉"无情"。正是这看似无理的一笔，让人拍案叫绝。纪昀称赞本诗的发端："起二句斗入有力，所谓意在笔先。"(《玉谿生诗说》)沈德潜认为三四两句"取题之神"(《唐诗别裁》卷十二)。朱彝尊则说："第四句更奇，令人思路断绝。"(《李义山诗集辑评》)能在一般人想不到处挖掘出诗意并寄托讽喻，将传统比兴手法用活了。清人施补华说："三百篇比兴为多，唐人犹得此意。同一咏蝉，虞世南'居高声自远，端不借秋风'，是清华人语；骆宾王'露重飞难进，风多响易沉'，是患难人语；李商隐'本以高难饱，徒劳恨费声'，是牢骚人语。比兴不同如此。"(《岘佣说诗》)此说比较了三篇蝉诗的不同，显示了中国诗歌传统比兴手法的丰富多彩，很有见地。

流　莺[1]

流莺漂荡复参差，渡陌临流不自持[2]。
巧啭岂能无本意？良辰未必有佳期[3]。
风朝露夜阴晴里，万户千门开闭时[4]。
曾苦伤春不忍听，凤城何处有花枝[5]？

【注释】

1　流莺：啼声婉转流亮的莺鸟。

2　漂荡复参差（cēn cī 岑呲）：形容流莺上下翻飞的样子。参差，本义是不齐，此则如义山《杜司勋》"短翼差池不及群"之意，谓翅短力弱，难以高飞远举。不自持：不能控制自己。

3　良辰：美好时光。佳期：好日子。

4　"风朝"二句：写流莺无论在何种环境下均歌唱不停，而周围人们只顾自己生活，对它的苦心不予理睬。句意与"五更疏欲断，一树碧无情"相近。

5　伤春：以对春光流逝的感伤隐喻对时代的忧患。凤城：秦都咸阳古称"凤城"，后即用以指代都城，此指唐京城长安。

【解读】

此亦咏物佳构，与《蝉》诗之不同在于其突破局部比拟，进入全篇象征——流莺即诗人之化身——更接近西方的象征主义。流莺的遭际是诗人生活的幻化，"渡陌临流"，陌是紫陌，流指御沟，与末句的"凤城"说的都是京城，"万户千门"晨开夕闭，也正是京城独有景象。诗中所写当是李商隐"十年京师寒且饿"、向达官贵人献诗投文不被理睬的困顿经历和感受。"巧啭"者，诗人创作也，"本意"乃是他的抱负理想和用世之心。可惜这些无人理睬，义山盼不来他殷殷渴望的佳期。堂堂京城，竟没有流莺能够栖息的花枝，没有可供义山发挥才能的衙署！

落 花

高阁客竟去，小园花乱飞。
参差连曲陌，迢递送斜晖。
肠断未忍扫，眼穿仍欲稀。
芳心向春尽，所得是沾衣。

【解读】

咏落花以抒凄惶怅惘之绪。起句突兀，"竟"字将惊讶失望和盘托出，次联细写"乱飞"情状，三联主人执著追寻，尾联双关，"芳心"、"沾衣"亦花亦人，实写主人伤春伤别，泪下沾襟也，而此主人便是诗人自己无疑。

野　菊

苦竹园南椒坞边[1]，微香冉冉泪涓涓。
已悲节物同寒雁，忍委芳心与暮蝉？
细路独来当此夕，清樽相伴省他年[2]。
紫云新苑移花处，不取霜栽近御筵[3]。

【注释】

1　苦竹：竹的一种。椒：即花椒树。苦竹园南椒坞边指野菊生长的地方，这里有苦辛之物，虽非善地，然能象征野菊品格。

2　省（xǐng 醒）：记得，回忆。

3　紫云新苑：喻皇家园林。霜栽：指菊花，因其多在秋季移栽。御筵：喻宫禁。

【解读】

托咏野菊以言志抒情，野菊固诗人自况也。首联白描，写菊即写人。次联写心，谓处境虽寒苦，但意志不改，不放弃抱负。"已悲……忍委……"意拗折而语劲挺。三联由今思昔，忆起他年（即昔年）陪侍爱菊的令狐楚，曾得其善待，所谓"将军樽旁，一人衣白"（《祭令狐公文》）"曾共山翁把酒卮，霜天白菊绕阶墀"（《九日》）。尾联回到现实，紫云新苑正在移种菊花，却不再有人将野菊（霜栽）引荐给宫苑栽种。有注家以为这是在抱怨时任中书舍人的令狐绹未能汲引他，此说近似。

忆 梅

定定在天涯,依依向物华。
寒梅最堪恨,常作去年花。

【解读】

忆梅而称"恨",关键在其常在寒冷冬天,即年前开花,故实为去年之花。百花开时,梅已早谢,一堪恨也;今日忆梅者已非去年之人,岁月不居,年华虚度,二堪恨也。意曲折而在言外,颇耐人寻味。"定定"犹今之"死死地",大胆以俚语入诗,不碍其雅,配以"依依",更增情思之重,韵调之美。

柳

曾逐东风拂舞筵，乐游春苑断肠天[1]。
如何肯到清秋日，已带斜阳又带蝉！

【注释】

1 乐游春苑：即乐游苑，唐长安城东南游览胜地。断肠：此谓销魂也。

【解读】

义山咏柳诗甚多，且常借以寄慨。如"柳映江潭底有情？望中频遣客心惊。巴雷隐隐千山外，更作章台走马声。"(《柳》)是咏柳而抒思念长安之情。而本首所咏，则强调柳也曾有过风光时日，只是而今秋来，更值夕照蝉嘶，衰老凋零已可预期，内心的凄惶无望，乃在次联的意象和语气中一泄无馀。

离亭赋得折杨柳二首[1]

暂凭樽酒送无憀,莫损愁眉与细腰。
人世死前惟有别,春风争拟惜长条[2]?

含烟惹雾每依依,万绪千条拂落晖。
为报行人休尽折,半留相送半迎归。

【注释】

1 离亭:供饯送行的路旁长亭。赋得:按指定题目做诗叫"赋得",此诗即限以"折杨柳"为题。

2 争拟:即怎拟。二句谓生离之苦不亚于死别,春风怎可因人们折柳相送而爱惜柳条(不让它们长成长条)呢?

【解读】

第一首的警句是"人世死前惟有别",这是只有终年在外、与家人离多聚少的人才有感受,才能发生共鸣的,诗人是代天下饱受离愁之苦者喊出。折柳相送,寄托着沉重的离愁,诗人乃转向春风呼吁:让杨柳长出更多的长条,好让送行者有枝可折!第二首的妙思,在于一反前首之意,劝送行者别把柳枝折光了,且留下一半迎接归来的人吧!两诗手法如太极拳之一推一挽,一来一往,形成丰富的情感张力,也显示了诗人的仁者心怀。

微 雨

初随林霭动[1],稍共夜凉分。
窗迥侵灯冷[2],庭虚近水闻。

【注释】

1 林霭:林中雾气。
2 窗迥:迥,远也。屋大,故距窗远。

【解读】

此诗写微雨之静细,不正面具体地描写,而渲染听雨者的感受,深得微雨之神。刘学锴说得好:一二写薄暮时视觉之浑然莫辨至入夜后触觉之由不辨到辨,"初"、"稍"二字写出体物过程。三四分写触觉、听觉之细微感受,均紧扣静夜特点。(《汇评本李商隐诗》)此犹兵法所谓虚虚实实、虚则实之、实则虚之之道也。

细　雨

帷飘白玉堂[1]，簟卷碧牙床[2]。
楚女当时意[3]，萧萧发彩凉[4]。

【注释】

1　"帷飘"句：正写细雨，雨丝如帷飘洒于白玉堂前。义山《春雨》"珠箔飘灯"可参。

2　簟：竹席。碧牙床：装饰考究的卧床，与白玉堂均虚拟成对。

3　楚女：楚地女子，无定指。固可指巫山神女，亦可指成为洞庭水仙的湘妃姐妹。雍陶《题君山》："疑是水仙梳洗处，一螺青黛镜中心"。

4　发彩：有光彩的头发。此亦状写雨丝。

【解读】

又是咏雨，且同是微细之秋雨，此章想像更为大胆绮丽，首尾二句状雨之细微柔密，如轻纱薄帷，如楚女发丝，比喻绝美，且富人情味。二句道出凉意，三句融入深情，一种怅惘无绪之感乃油然而生。叶葱奇说得非常精彩："这是戏咏新秋'细雨'的小诗。上二句新秋，下二句'细雨'，用神女的纤发比帘纤的雨丝，通首不见雨字，而微凉的雨意却洒然纸上，极饶情致。"（《李商隐诗集疏注》）

泪

永巷长年怨绮罗[1]，离情终日思风波。
湘江竹上痕无限[2]，岘首碑前洒几多[3]？
人去紫台秋入塞[4]，兵残楚帐夜闻歌[5]。
朝来灞水桥边问，未抵青袍送玉珂[6]。

【注释】

1 永巷：即长巷，义山诗中屡见。

2 "湘江"句：用娥皇、女英在湘江边哭舜，湘竹尽斑故事。

3 "岘首"句：晋羊祜镇襄阳，有德政，去世后百姓在他常游览的岘山建庙立碑，岁时祭奠，莫不流涕，号堕泪碑。见《晋书·羊祜传》。

4 "人去"句：用王昭君出塞和亲事，紫台犹紫宫，指汉宫。

5 "兵残"句：用项羽兵败垓下四面楚歌事，见《史记·项羽本纪》。

6 "朝来"二句：青袍即青衫，唐八、九品官著青袍。玉珂，本是装饰着玉石挂件的华贵车马，此代指乘坐这种车马的贵官。二句谓以卑官身份到灞桥送别荣任方面大官的人，其伤心之泪比上述各种人都多。

【解读】

　　此诗八句七事，写七种人的泪。这里有宫人囚禁的苦泪，离人思妇的愁泪，孀妇哭夫的悲泪，百姓对良吏的感恩之泪，去国远嫁的恨泪，兵败途穷的愤泪，这些泪尽管非常痛苦，但诗人觉得，都比不上寒士小官怀才不遇却要卑躬屈节地迎送达官显宦（何况他们的才能未必高于自己）的痛苦之强而深。梁江淹有《恨赋》、《别赋》，将人生离别及可悲之事一一加以咏叹，李商隐则将其内容作了诗化的表现。此诗强调寒士小官之泪所含的苦恨，应是出自作者切身感受，主观性极强，逻辑上也许经不起推敲，无同感者不会起共鸣。然而，这正是诗语的特点和功用，能够帮助某类人一泄牢愁，也就够了。

蝶

初来小苑中，稍与琐闱通[1]。

远恐芳尘断，轻忧艳雪融[2]。

只知防浩露，不觉逆尖风[3]。

回首双飞燕，乘时入帘栊[4]。

【注释】

1 琐闱：刻有连环花纹的门。

2 艳雪：喻蝶粉。

3 浩露：浓重的露水。骆宾王《在狱咏蝉》"露重飞难进"。尖风：尖利的冷风。浩露、尖风均喻官场中排挤倾轧、流言蜚语之类。

4 帘栊：挂着绣帘的窗户，入帘栊则入内室矣，喻登上清华高贵的官署。

【解读】

义山咏蝶诗有好几首，均有特色。有的描摹蝴蝶生态非常细腻，如"叶叶复翩翩，斜桥对侧门"一首，写蝶的翩飞和寻觅；有的借写蝶抒发哀愁，隐约有所寄托，像"相兼惟柳絮，所得是花心"、"并应伤皎洁，频近雪中来"。而这首"初来小苑中"则更像一篇寓言。诗面写的是一只蝴蝶，它刚刚飞进小苑，有了与琐闱通消息的可

能，非常珍惜这机会，更非常爱惜自己的美才，而且处事十分小心。谁知提防了浩露却没能躲过尖风，犹如避开明枪却中了暗箭，终于受伤掉地了。回头一看，只见一对燕子，乘着大好春光飞进了绮窗，从此前景不可限量。如果认为义山可以比为蝴蝶，与他同时的另一些人可比燕子，那么，诗所表现的不是很像义山初入秘书省、不久就被调出，下放为弘农尉，而眼看别人升迁得意的遭遇吗？许多注家都这么看。于是，咏物而自寓，便成为此诗不同于另几首咏蝶诗的特色。

蜂

小苑华池烂漫通,后门前槛思无穷。
宓妃腰细才胜露[1],赵后身轻欲倚风[2]。
红壁寂寥崖蜜尽,碧帘迢递雾巢空[3]。
青陵粉蝶休离恨,长定相逢二月中[4]。

【注释】

1 宓(mì秘,一读fú服)妃:即洛神。曹植《洛神赋序》:"黄初三年,余朝京师,还济洛川。古人有言,斯水之神名曰宓妃。"赋中描写女神有"腰如约素"的话。

2 赵后:指汉成帝皇后赵飞燕。据说飞燕体轻,能作掌上舞,风吹欲飘去。见《西京杂记》。

3 崖蜜:野蜂在峻崖筑巢酿蜜,人取之,即崖蜜。雾巢:指人给家养蜂造的巢。

4 青陵粉蝶:用韩凭夫妇故事。韩凭妻美,宋王夺之,并捕韩凭命筑青陵台,凭自杀,"妻阴腐其衣,与王登台,自投台下,左右揽之,着手化为蝶……凭与妻各葬,相望,冢树自然交柯,有鸳鸯栖其上,交颈悲鸣"。见《太平寰宇记》卷十四郓城县青陵台条下引《搜神记》(与今本文字略有不同)。青陵粉蝶在义山诗中又称"韩蝶"(《蝇蝶鸡麝鸾凤等成篇》)

【解读】

　　蜂蝶意象，义山诗中常见，而且多次一起出现，形成一种意象组合。诗人对这种小昆虫寄予喜爱和同情，歌咏它们，或者借以托寓情思。就本诗而言，以娇艳柔弱女性喻蜂，叹息其孤寂无聊，蜜、巢两空的窘况；然后反以蜂的苦楚安慰蝴蝶，因为青陵粉蝶等到二月就能与所爱相逢，又何须为暂时别离而苦恼呢？前四写蜂一路飞飞停停，以腰细、体轻的美女形容蜂的体态舞姿，比拟聪明有趣，笔触细腻精妙。五六述蜂处境窘困，既贴切又委婉，深深同情蕴含其中。结尾乃转对粉蝶致慰，告以相逢在即，不必忧伤。前后似对二女子说话，流露一片爱心苦心。至于有无寓意，寓意如何，颇难揣测。即以纯粹咏物诗视之，也是一首好诗。

洞庭鱼

洞庭鱼可拾，不假更垂罾[1]。
闹若雨前蚁，多于秋后蝇。
岂思鳞作箑？仍计腹为灯。
浩荡天池路，翱翔欲化鹏[2]！

【注释】

1　罾（zēng 增）：渔网。

2　"浩荡"二句：用《庄子·逍遥游》鲲化为鹏，水击三千里，飞徙南溟语意，夸张地形容洞庭鱼尚有不切实际的化鹏之愿。南溟就是天池。

【解读】

本诗讽刺官场中趋炎附势、结党营私之徒的丑态，"闹若雨前蚁，多于秋后蝇"的洞庭鱼，就是此类人的写照。"岂思"二句说洞庭鱼们为夤缘攀附不惜做任何事，哪怕献鳞作箑、剖腹点灯！不但如此，洞庭鱼们竟还想登龙门、化大鹏，从栖身的洞庭飞腾到浩荡的天池去——真是胃口不小！作者只叙未议，但对洞庭鱼们的厌恶和不屑已表露无遗。

乱　石

虎踞龙蹲纵复横，星光渐减雨痕生[1]。
不须并碍东西路，哭杀厨头阮步兵[2]！

【注释】

1　"星光"句：指乱石为陨石，坠地后光芒渐灭而被雨蚀生痕。

2　厨头阮步兵：晋阮籍嗜酒，闻步兵厨营人善酿，贮酒三百斛，为便于饮酒，就求为步兵校尉，人称阮步兵。但他心中实有难言苦闷，故亦常驾车漫行，无路可走时便痛哭而返。见《晋书·阮籍传》。厨头，厨营的头领。

【解读】

此诗所谓乱石，显系当权挡路恶势力之影比。首联写其庞大凶恶、盘根错节之状，及所倚仗之黑暗背景，皆隐喻手法。次联发出愤怒呼声。阮籍有自比意，而要害是甩出"不须并碍东西路"一句，因为这话适用于任何恶势力当道的黑暗时代，适用于任何被恶势力逼得无路可走的人。

月

过水穿楼触处明，藏人带树远含清。
初生欲缺虚惆怅，未必圆时即有情！

【解读】

义山诗有全用白描毫无典故者，其妙处在意旨的新奇。脍炙人口的《乐游原》（向晚意不适）堪称典型，这首《月》也是好例。起联平平道来，写出月在天上轻移，月光普照大地的动感，笔下含情脉脉。三四句，"初生"指一弯新月，"欲缺"指十五满月之后。人们喜欢花好月圆，对未圆或欲缺的月亮，总感到有遗憾，很惆怅，这是常情。可是义山偏唱反调，一个"虚"字，明确表示不赞成。紧接着更点出：未必圆时即有情！是诗人对月亮有怨恨吗？当然不是。他是有意向常情俗规挑战，摆出桀骜不群的样子。"有情"的反面是无情，想必他在生活中感受到太多的无情，才发此惊人之论。然而，他说的不是实情吗？

对雪二首[1]

寒气先侵玉女扉,清光旋透省郎闱[2]。
梅花大庾岭头发,柳絮章台街里飞[3]。
欲舞定随曹植马,有情应湿谢庄衣[4]。
龙山万里无多远,留待行人二月归[5]。

旋扑珠帘过粉墙,轻于柳絮重于霜。
已随江令夸琼树,又入卢家妒玉堂[6]。
侵夜可能争桂魄?忍寒应欲试梅妆[7]。
关河冻合东西路,肠断斑骓送陆郎[8]。

【注释】

1 对雪二首:题下有作者自注:"时欲之东。"大中三年(849)冬,李商隐赴卢弘止徐州幕府,咏雪二首以留赠王氏夫人。

2 "寒气"二句:写严寒催降大雪。寒气透进窗户,雪光映入门闱。称玉女扉、省郎闱,不过是对扉和闱作些修饰。玉女扉,即玉女窗,常用,如义山"玉女窗虚五更风"(《和友人戏赠》)。省郎闱,即朝中诸曹司的门,泛指。

3 "梅花"二句:写雪之大和美。大庾岭,五岭之一,又名梅岭,在今江西、广东交界处,岭多梅花,《白氏六帖》:"大庾岭上梅,南枝落,北枝开。"章台街,汉都城长安街名,此指唐京师。梅花、柳絮皆比雪片。

4 "欲舞"二句:再写雪花。曹植《洛神赋》有"飘飘兮若流风之回雪"之句,又有《白马篇》。《宋书·符瑞志》:"大明五年正月戊午元日,花雪降殿廷,时右卫将军谢庄下殿,雪集衣,还白上以为瑞,于是公卿并作花雪诗。"

5 龙山:鲍照《学刘公干体》:"胡风吹朔雪,千里度龙山。"《文选》五臣注:"龙山在云中。"古云中在今山西北部、内蒙古自治区南部。义山《漫成三首》之一"远把龙山千里雪,将来拟并洛阳花。"行人:出行之人,旅人,作者自指。

6 江令:南朝陈尚书令江总,其诗有"璧月夜夜满,琼树朝朝新"之句。卢家:指洛阳女儿莫愁所嫁的卢家。夸琼树、妒玉堂:谓雪花堪与琼花、玉堂的洁白比美。

7 桂魄:指月。梅妆:梅花妆,据云宋武帝女寿阳公主,卧于含章殿檐下,梅花落额上,成五出花,拂之不去,经三日,洗之才落。宫女竞效之,称梅花妆。二句写雪月争辉,雪梅争艳。

8 "关河"二句:谓自己即将冒寒出行。关河冻合指东行所经各关隘河津均将因天寒而冰冻。《乐府诗集》卷四十七《神弦歌·明下童曲》:"陈孔骄赭白,陆郎乘斑骓。徘徊射堂头,望门不敢归。"

【解读】

　　李商隐很喜写雪，自称"晓用云添句，寒将雪命篇"（《谢先辈防记念拙诗甚多异日偶有此寄》），其诗用雪字亦多，总共约59次（用作动词者不算），组成种种美丽的意象。此二首专咏雪以慰夫人，并以雪之美隐喻夫人，更是用心之作。虽用事较多，招来批评，但其词章之优美、诗艺之高超不能否认。第一首描写雪由初起到大作，雪在诗人笔下几成有灵有情之物。中二联想像开阔，比喻新鲜，句式灵动，"梅花"二句用二四一结构，超越常规，别出心裁。第二首咏雪，换一套语汇典故，而有异曲同工之妙，中二联极写雪之晶莹高洁，暗喻王氏。清陆昆曾分析："二诗中四语皆引用典故，而不嫌过实者，由用字活也。"（《李义山诗解》）冯浩也提醒："读者弗以堆垛没其旨趣焉。"（《玉谿生诗集笺注》）这些意见值得重视。

临发崇让宅紫薇[1]

一树浓姿独看来,秋庭暮雨类轻埃[2]。
不先摇落应为有,已欲别离休更开。
桃绶含情依露井,柳绵相忆隔章台[3]。
天涯地角同荣谢,岂要移根上苑栽[4]?

【注释】

1 临发崇让宅紫薇:李商隐岳父王茂元在洛阳崇让坊有宅,义山婚后屡住于此,有诗多首。此诗为他某次临别崇让宅时所作。紫薇是一种花树,自夏至秋间歇开紫红色花。

2 轻埃:微细的尘埃。

3 桃绶:本谓桃红色的绶带,此指大片桃花。露井:即水井。章台:汉都城街名,多植柳,唐人有《章台柳》诗,见孟棨《本事诗》。

4 上苑:指皇家内苑。

【解读】

诗咏紫薇,人在崇让宅,时当秋日。入题即有人在,是作者一人独看一树浓姿、孤独无伴的紫薇,又正值秋雨飘萧如轻埃之日,凄清忧愁不言而明。但作者偏要拗转,次联以秋花尚荣安慰紫薇,又戏怨紫薇在其离别时盛开,

人花亲昵无间，几于心心相印。三联荡开，以身处繁华津要之地的桃柳作比。尾联将意思翻高，表示不羡桃柳，不盼望"移根上苑"，因为无论置身宫苑还是流落天涯，作为花树总难免"荣谢"之变（偏正词，侧重于"谢"）。这种自我安慰，是洞明世事，是清高自许，但也是弱者无奈的表现。纪昀说"其词怨以怒""少含蓄之旨"（《玉谿生诗说》），未免太苛刻了。

题小松[1]

怜君孤秀植庭中,细叶轻阴满座风。
桃李盛时虽寂寞,雪霜多后始青葱。
一年几变枯荣事,百尺方资柱石功。
为谢西园车马客[2],定悲摇落尽成空。

【注释】

1 题一作"题小柏"。

2 西园:即曹魏邺都(今河北临漳县)的铜爵园,曹氏父子常游之地,曹丕《芙蓉池作》:"乘辇夜行游,逍遥步西园。"曹植《公宴诗》:"清夜游西园,飞盖相追随……秋兰被长坂,朱华冒绿池。"西园车马客即指曹氏兄弟及其宾客。

【解读】

杜甫有诗云:"新松恨不高千尺,恶竹应须斩万竿。"(《将赴成都草堂途中有作先寄上严郑公五首》之四)商隐此诗题旨与之略同。作者取与小松对话的姿态,对它的未来寄以极大期望,指出富贵不永、繁华易销才是历史规律。作者另有《高松》一首,有句云:"高松出众木,伴我向天涯。"又赞松曰:"有风传雅韵,无雪试幽姿",显示了自强不息的精神趋向。与松为友,以松自比自励,在义山是一贯的。

宿骆氏亭怀崔雍崔衮[1]

竹坞无尘水槛清，相思迢递隔重城[2]，
秋阴不散霜飞晚，留得枯荷听雨声。

【注释】

1 骆氏亭：骆家的亭子。前人云：非当时名胜，无足深考。甚是。崔雍、崔衮：皆为崔戎之子。崔戎为义山亲戚长辈，欣赏义山才华，曾送其至南山习业，并携往兖海幕中，其子则与义山为友。义山《安平公诗》专咏与崔戎关系。

2 竹坞：坞者壁也，堡坞，竹坞则种植竹树的堡坞。隔重城：相隔数城，言其远也。

【解读】

此诗以写景清新、抒情委婉、情景交融、风格含蓄而深得历代论者好评。纪昀的说法最具体，兹录如下："'相思'二字微露端倪，寄怀之意全在言外。""'秋阴不散'起'雨声'，'霜飞晚'起'留得枯荷'，此是小处，然亦见得不苟。""不言雨夜无眠，只言枯荷聒耳，意味乃深。"（《玉谿生诗说》、《李义山诗集辑评》）

寄令狐郎中[1]

嵩云秦树久离居[2]，双鲤迢迢一纸书。
休问梁园旧宾客，茂陵秋雨病相如[3]。

【注释】

1 令狐郎中：令狐绹，他于会昌年间任右司郎中，并出守湖州，见《新唐书·令狐绹传》。

2 嵩云秦树：分指义山与令狐绹。当时义山在洛阳，令狐绹在长安。杜甫《春日忆李白》诗"渭北春天树，江东日暮云"，以两地云树分指自己与好友，义山效之。

3 梁园：指汉梁孝王所建园囿，在今河南开封。司马相如曾客居于此，与邹阳、枚乘之徒游从。茂陵：汉武帝陵墓，在今陕西兴平县。司马相如晚年因病免官，居于此。

【解读】

本诗是给令狐绹来函的回信，所谓以诗代答。令狐绹是义山青年时代的友人，其父令狐楚对他有栽培之恩，但在义山婚于王茂元家后，二人有了隔阂。从此诗看，在令狐绹任右司郎中的会昌年间，他们仍有友好往来。首联云二人分在洛阳长安，令狐绹有信寄义山问候，次联义山报告近况说，我这个梁园旧宾客，目前正有病而潦倒呢，用

司马相如之典,贴切而含蓄。是一首不卑不亢的叙友情、文辞优雅、诗格成熟之作。

岳阳楼[1]

欲为平生一散愁,洞庭湖上岳阳楼。
可怜万里堪乘兴,枉是蛟龙解覆舟[2]。

【注释】

1 岳阳楼:在今湖南岳阳市,原是古岳阳城的西门楼,西对洞庭,左顾君山。

2 枉是:徒然,白白地。蛟龙解覆舟:传说蛟龙凶恶,能兴风作浪颠覆船只。义山《荆门西下》"洞庭湖阔蛟龙恶,却羡杨朱泣路歧",可参。

【解读】

李商隐经过岳阳不止一次,岳阳楼诗也非一首。此次乃顺利渡过洞庭湖,抵岳阳而后登楼,故在登楼之后有"枉是蛟龙解覆舟"的喜悦,更有"欲为平生一散愁"的豪语,有"洞庭湖上岳阳楼"的记事也。诗中的"蛟龙"是否隐指官场中忌害排挤他的人?并流露出对抗成功的快意?不妨这么看,但不可过执。

端　居[1]

远书归梦两悠悠,只有空床敌素秋。
阶下青苔与红树,雨中寥落月中愁。

【注释】

1　端居:谓端拱闲居,无聊独居也。

【解读】

诗抒写无聊独居的愁绪,而以具体场景与事物细节出之。"远书"、"归梦"与漂泊者、寻觅者、相思者之生活和心事关系最为密切,义山将其构成意象组合,多次用在诗中,如"梦到飞魂急,书成即席遥"(《碧瓦》)、"鱼乱书何托,猿哀梦易惊"(《思归》)、"书长为报晚,梦好更难寻"(《晓起》)、"怅恨人间万事违,私书幽梦约忘机"(《赠从兄阆之》)、"梦为远别啼难唤,书被催成墨未浓"(《无题二首》之一)等。第三句青红相映的色彩运用,第四句"雨中"、"月中"的联绵重叠,均义山诗常格,却集中用于此诗。至于情感趋向的表达,用"空"、"敌"、"寥落"、"愁"等字点明,不着力而很到位,也是义山特色。用心锤炼,而毫无斧凿痕,显得那么自然流畅,读来不仅是享受,还可学到不少东西。

杜司勋[1]

高楼风雨感斯文,短翼差池不及群[2]。
刻意伤春复伤别[3],人间惟有杜司勋。

【注释】

1 杜司勋:杜牧于唐宣宗大中三年(849)任尚书司勋员外郎,史馆编修,奉诏撰故江西观察使韦丹遗爱碑。见两《唐书·杜牧传》(附于《杜佑传》)当时李商隐也在长安,有二诗赠之,即本首与下一首。

2 "高楼"二句:刘学锴、余恕诚《李商隐诗歌集解》释此联上句谓:用《诗·郑风·风雨》"风雨如晦,鸡鸣不已",抒写风雨怀人之情。此处借指怀念杜牧,并以登楼四顾,风雪迷茫之景象征政局之昏暗。下句谓己翅短力微,不能与同群比翼。此系自谦,非指杜牧。所言甚是。

3 伤春伤别:指杜牧诗内容多忧国忧时、感叹人生之作。伤春,隐喻也。伤别,概指也。

【解读】

李商隐与杜牧在诗坛齐名,但交往实少。义山此诗赠杜,歌赞对方、自谦而又暗含自比,并引对方为同调之意甚显,义山的善意没有问题,问题是从现存杜牧集看不出

相应的回响。也许其中有种种偶然因素，不一定能说明杜牧的态度；但也可能别有原因，故使二人未能深交。这值得探讨，也很有趣。

韩冬郎即席为诗相送,一座尽惊。他日余方追吟"连宵侍坐徘徊久"之句,有老成之风,因成二绝寄酬,兼呈畏之员外[1]

十岁裁诗走马成[2],冷灰残烛动离情。
桐花万里丹山路,雏凤清于老凤声[3]。

剑栈风樯各苦辛,别时冰雪到时春[4]。
为凭何逊休联句,瘦尽东阳姓沈人[5]。

【注释】

1 韩冬郎:即韩偓,字致尧(一作致光),小名冬郎。他是义山联襟韩瞻(字畏之)的儿子。大中五年(851)义山赴东川幕府,冬郎曾即席作诗相送。"连宵侍坐"云云就是其诗句。多年后义山回忆此事,重吟冬郎诗句,遂有此诗寄酬,同时寄给韩瞻。

2 十岁:指大中五年韩偓作诗送别义山时才十岁。

3 "桐花"二句:丹山指《山海经》所说的丹穴之山,是凤凰栖息的地方。相传凤凰非梧桐不栖,非练食不食。二句谓冬郎才如雏凤,前程万里,他的诗(凤声)比父亲写得还好。

4　剑栈：剑阁栈道。风樯：即风帆。剑栈风樯分指义山与韩瞻，谓自分手以来，各自奔波。

5　"为凭"二句：句下作者自注："沈东阳约尝谓何逊曰：'吾每读卿诗，一日三复，终未能到。'余虽无东阳之才，而有东阳之瘦矣。"二句以沈约自比，以何逊比韩偓，借沈称赞何诗之典来称赞韩冬郎。

【解读】

二诗充满亲情，更充满对后辈才俊的赞赏和热望。韩偓在唐昭宗时做到翰林学士、兵部侍郎，曾为阻止朱温篡唐而尽力，成为朱的眼中钉，后来被逼避居闽中。他的诗从小就得义山欣赏，义山在《留赠畏之》诗中所说"郎君下笔惊鹦鹉"，就是指他而言。从韩偓创作看，他受到姨父李商隐多方面的影响。"桐花万里丹山路，雏凤清于老凤声"一联，已深入人心，成为比"青出于蓝胜于蓝"更富诗意的激励青少年勇超前人的警语。

天　涯

春日在天涯,天涯日又斜。
莺啼如有泪,为湿最高花。

【解读】

诗小,且未用典、无难词,惟"最高花"双关,既指树花之最高者,又不妨影指人间之最高者。首联顶真句格,造成递进层增的急迫感,将作者无奈漂零、遇春日而愈深愈强的感受作了加倍渲染。次联推进一层,对春莺提出诉求,而所望、所怨实在"最高"耳。人在天涯,春暮即景抒怀,似信口而咏,而竟成佳作。诗人何其芳曾说:判断诗之好坏,一个简易的办法是:是否一读难忘?诚哉斯言!

风　雨

凄凉《宝剑篇》，羁泊欲穷年[1]。
黄叶仍风雨，青楼自管弦。
新知遭薄俗，旧好隔良缘。
心断新丰酒，销愁斗几千[2]？

【注释】

1　《宝剑篇》：指唐郭震（字元振）未达时所作之《古剑歌》，以剑之不甘沉埋，喻己从政抱负。见《新唐书·郭震传》及张说《郭代公行状》。羁泊：羁縻漂泊，缠身微职而生活无定。穷年：终年，年复一年。

2　新丰：在今陕西临潼，以其与长安近，常用以代指京师。唐人诗写"新丰酒"甚多，如李白"君歌杨叛儿，妾劝新丰酒"（《杨叛儿》），王维"新丰美酒斗十千"（《少年行》）。斗几千：问一斗酒需几千钱也。曹植《名都篇》："归来宴平乐，美酒斗十千。"

【解读】

此亦即景咏怀之作。如不执泥于具体所指，诗意不难理解。首以初唐起于草野、后登高位的郭元振发端，而叹自己之终年穷厄，实乃时运不同之故，感慨颇深。次揭当今苦乐悬殊，自己遭遇不顺。"黄叶""青楼"一联，意同

《蝉》诗之"五更疏欲断，一树碧无情"，义山常有意同辞异的诗句，最宜对看。"新知""旧好"一联概谓人事关系不佳，在官场中无人援引依靠，究指何人，不必强行落实。尾联抒"心断"之慨，欲借酒浇愁，而谓"新丰酒"者，一因本是前人成语，借以修饰"酒"字，一或暗示时在长安或附近也。全诗风格苍老悲凉，略具老杜沉郁顿挫之致。

夜　饮

卜夜容衰鬓，开筵属异方[1]。
烛分歌扇泪，雨送酒船香[2]。
江海三年客，乾坤百战场。
谁能辞酩酊，淹卧剧清漳[3]！

【注释】

1　卜夜：指夜间饮酒，出《左传》庄二十二年陈敬仲辞饮之语："臣卜其昼，未卜其夜。"衰鬓：鬓发稀疏，形容人老，此义山自指。异方：指边远地方，此指梓州，唐东川节度使治所，今四川三台县。

2　歌扇：歌舞者所用之扇。酒船：一种船形的大酒杯。二句写饮宴场面，暗示时间已晚。

3　"谁能"二句：用建安诗人刘桢诗语。刘《赠五官中郎将》诗有"余婴沉痼疾，窜身清漳滨"之句，义山谓：谁能不痛饮而像刘桢那样卧病清漳？正说便是愿一醉方休。《崇让宅东亭醉后沔然有作》结句："如何此幽胜，淹卧剧清漳。"可参。

【解读】

此诗作于梓州幕府，写一次长夜饮宴时的思想活动。前半纪实，第三联是全诗核心，以杜甫式的宏大概括简叙平生,"江海三年客"言跋山涉水,漂泊广远,三年非实指,多年之谓也,犹下句"乾坤百战场"之虚指。此联浓缩义山一生,道尽甘苦,境象开阔,意味深长,最得历来诗家赞赏,称其"高壮"、"沉雄"、"老健"、"神似少陵"——比较老杜"江汉思归客,乾坤一腐儒"(《江汉》)、"勋业频看镜,行藏独倚楼"(《江上》)等句,确可见二者气韵相通。尾联颓废语以豪放姿态喊出,调子突然高亢,却令会心者愈益悲怆,此又义山特色也。

晚　晴

深居俯夹城[1]，春去夏犹清。
天意怜幽草，人间重晚晴。
并添高阁迥，微注小窗明[2]。
越鸟巢干后，归飞体更轻[3]。

【注释】

1　深居：幽深的居处。夹城：此指外城与内城之间的地方。

2　迥：即高。注：指光线射入。

3　越鸟：古诗："胡马依北风，越鸟巢南枝。"越鸟与胡马相对，指南方的鸟。或曰指燕。

【解读】

此诗据考证，是作于桂林。春末夏初一个黄昏，雨后放晴，景色宜人，诗人心情舒畅，乃作此诗。首联点明时间地点。次联感慨，从眼前景想到人间事，提炼出一种哲理性认识，此等语概括宏阔，意味深沉，最具老杜风。"晚晴"在义山诗中本是实指，但与"人间"联系，便产生多层含义，引申为曾经坎坷而老来荣达的隐喻，有聊以自慰之意而实很凄凉。义山之后，这种引申义的影响大大超过了其本义。三联写景，画出斜阳光线的作用，特点是纤细。贺裳《载酒园诗话》将此联与"战蒲知雁唼,皱月觉鱼来。"(《子初全溪作》)"气凉先动竹,点细未开萍。"(《细雨》)并列为"义山之妙"。尾联又摄一景,将主观的愉悦再作一次客观的投射,笔致细腻而丰满。

寓　目[1]

园桂悬心碧，池莲饫眼红[2]。

此生真远客，几别即衰翁。

小幌风烟入，高窗雾雨通。

新知他日好，锦瑟傍朱栊[3]。

【注释】

1　寓目：犹言所见，说明诗乃即兴而作。然诗中除眼前景，尚有意中之景，特此意中景并非凭空设想，实为昔日情景之忆写。

2　悬心：犹揪心。饫（yù玉）眼：使眼饱尝。二句眼前景，诗由此入笔。

3　新知：新相知也。他日：指昔日。朱栊：朱红色窗户。

【解读】

本诗从眼前景写起，园桂碧色使人揪心，莲花娇艳饱享眼福，描写中渗入感情，用词奇特狠重，有长吉风。次联即揭示所以悬心之故，概括人生，凝练深沉，遂成警句。"远客"非实指，而是取古诗"人生天地间，忽如远行客"之意，即使并无远行之役，也完全可以说。"衰翁"要"几别"方成，焉知这时已别了几回呢？释诗固需知人论世，然过于执则易黏滞，当辅以空灵。三联回笔忆昔，烟幌雨窗，景色缥缈，似有故事，难以落实，故益逗人遐想。二句境界、词章之美，无可争议。末云：所忆者是昔日与一位新知（似是异性，但不必是妻）的遇合，其美好温馨、合适般配，恰如锦瑟之依傍朱栊一样。

偶题二首

小亭闲眠微醉消,山榴海柏枝相交[1]。
水纹簟上琥珀枕,傍有堕钗双翠翘[2]。

清月依微香露轻,曲房小院多逢迎[3]。
春丛定是饶栖鸟[4],饮罢莫持红烛行。

【注释】

1 山榴海柏:即石榴与柏树。

2 水纹簟:织出水波花纹的凉席。琥珀枕:即枕头,谓镶有琥珀,言其华贵也。翠翘:妇女头饰的一种。白居易《长恨歌》:"花钿委地无人收,翠翘金雀玉搔头。"

3 曲房小院:应指妓院,加以"多逢迎"三字,益可证。

4 饶:多也。栖鸟:指春丛中双栖之鸟,喻宿娼者。下句"莫持红烛行"谓莫惊扰他们也。

【解读】

义山亦如杜牧,年轻时偶曾狎妓,《偶题二首》即写此等事。小亭闲眠者枕旁有钗簪与翠翘堕落,春丛下双栖之鸟甚多,且不愿人去打扰,二者所指何事,不言自明。这就是所谓艳诗,读义山者不可不知。就诗而言,纪昀评首章曰："艳而能逸，第二句有意无意，绝佳"；评次章曰："对面写来，极有情致。"(《玉谿生诗说》)肯定了表现技巧。行为虽不可取，诗歌却有美感，封建文人如纪昀亦不以冬烘态度相待，均颇有意味。

访人不遇留别馆[1]

卿卿不惜琐窗春[2],去作长楸走马身[3]。
闲倚绣帘吹柳絮,日高深院断无人。

【注释】

1　别馆:正式住宅以外的居处。

2　卿卿:夫妇间亲昵的称呼。《世说新语·惑溺》:"王安丰妇常'卿'安丰(常称安丰为'卿')。安丰曰:'妇人卿婿,于礼为不敬,后无复尔。'妇曰:'亲卿爱卿,是以卿卿;我不卿卿,谁当卿卿?'遂恒听之。"琐窗:雕有连琐花样的窗户。

3　长楸走马:曹植《名都篇》:"斗鸡东郊道,走马长楸间。"楸是一种树木。

【解读】

此诗所谓别馆,外室之雅称也。义山某次去友人别馆访问,未遇主人,遇到的是称主人为"卿卿"的外室女子。诗的前二句,可理解为女子的话,也可理解为义山的转述,落实诗题的"访人不遇"。后二句应是写所见,是对那女子及其生活的印象。"闲倚绣帘吹柳絮"令人想起《柳枝诗序》对少女柳枝的描写:"吹叶嚼蕊,调丝擫管,作天海风涛之曲,幽忆怨断之音。"只是此女现已被置深院,如笼中鸟矣。

当句有对[1]

密迩平阳接上兰[2],秦楼鸳瓦汉宫盘[3]。
池光不定花光乱,日气初涵露气干[4]。
但觉游蜂饶舞蝶,岂知孤凤忆离鸾?
三星自转三山远[5],紫府程遥碧落宽[6]。

【注释】

1 当句有对:律诗应在三四、五六二句对仗,当句对则是一句之内含对仗,唐诗中并不少见,但往往只用于一联。义山此诗全篇当句对仗,是他独创的游戏诗格。

2 密迩:犹禁密之意。平阳:汉武帝之姊封平阳公主,此平阳指其府第。上兰:汉宫观名,在上林苑中。平阳、上兰以禁密的建筑名为对。

3 秦楼鸳瓦:秦代宫殿的鸳鸯瓦。汉宫盘:指汉宫中的仙人承露盘。秦楼瓦与汉宫盘为对。

4 "池光"二句:池光与花光、日气与露气为对。且每对有一字重复。涵,收纳之意。

5 三星:指天上的参星。三山:指海上三神山。三星与三山为对。

6 紫府:指仙都。《白氏六帖》:"银宫金阙,紫府仙都。"碧落:天。《长恨歌》:"上穷碧落下黄泉。"紫府、碧落,色彩与意义皆为对。

【解读】

　　题目"当句有对",只点明了行文特点,而未触及内容,实等于无题。能够帮助我们寻绎题旨的是第三联,游蜂舞蝶、孤凤离鸾,应与有情男女或男女有情相关。循此反观全诗,则首联地点,次联景色,尾联仙境难臻,可作好合无期之喻。再进一步,从首联似又可揣知此男女与宫禁道观有关,而女子为出家入道之贵主可能性极大。艺术上,承认其特色而持批评意见者居多,纪昀直谓之"西昆下派!"叶葱奇说:"这也是商隐独创的一格,过奇、过难,过于组纂。唐人集中绝无与这相同的作品(指全篇当句对者)……后代对这一体也没有人加以模拟。"(《李商隐诗集疏注》)此诗显具游戏与卖弄性质,为让读者多尝一味,故选入本书。

七月二十八日夜与王郑二秀才听雨后梦作[1]

初梦龙宫宝焰然[2]，瑞霞明丽满晴天。
旋成醉倚蓬莱树，有个仙人拍我肩[3]。
少顷远闻吹细管[4]，闻声不见隔飞烟。
逡巡又过潇湘雨，雨打湘灵五十弦[5]。
瞥见冯夷殊怅望，鲛绡休卖海为田[6]。
亦逢毛女无憀极，龙伯擎将华岳莲[7]。
恍惚无倪明又暗，低迷不已断还连[8]。
觉来正是平阶雨，独背寒灯枕手眠。

【注释】

1 七月二十八日夜与王郑二秀才听雨后梦作：李商隐另有《七月二十九日崇让宅宴作》，系同时作品，则此诗听雨处是义山岳丈王茂元洛阳崇让坊住宅。王郑二秀才，不详，王秀才或是商隐妻舅。唐人习惯称未登进士者为秀才。

2 宝焰然：即宝焰燃，形容龙宫珍珠宝物之光焰璀璨。

3 蓬莱树：蓬莱仙山之宝树。晋郭璞《游仙诗》："左挹浮丘袖，右拍洪崖肩。"浮丘、洪崖皆仙人，此用其语意。

4　细管：指笙，用细竹管制成。李贺《天上谣》："王子吹笙鹅管长。"

5　逡（qūn困）巡：本义为恭顺退让或徘徊犹豫的样子，此兼指很短的时间。潇湘：潇水和湘水，均在今湖南境内。湘灵：传说舜之二妃死后化为湘水之神，称为湘灵。屈原《远游》："使湘灵鼓瑟兮，令海若舞冯夷。"唐钱起亦有《省试湘灵鼓瑟》诗。五十弦：指瑟。

6　冯（píng凭）夷：水神。鲛绡：传说海中鲛人（人首鱼身）能织绡（生丝织成的薄绢），称为鲛绡。见张华《博物志》。海为田：沧海变为桑田，喻巨大变化。

7　毛女：传说中的一位女仙。见《列仙传》。无憀：即无聊。龙伯：传说中的巨人。见《博物志》。擎（qíng情）将：高举着。华岳莲：传说华山之巅有池，生长一种千叶莲花。

8　无倪：无端倪头绪之意。低迷：梦中精神迷离之状。

【解读】

此诗写听雨后做梦，梦境既由雨声而来，又涉诗人学仙经历，复为其身世遭际之幻化，描叙咏叹，慨乎系之，构想奇特而不悖情理。何人无梦？但何人能将梦境表现得如此瑰丽灵动，如此清晰细腻，而又如此富于内涵！诗中仙境，氤氲乐声，飘忽迷离，仙人频频登场，诗人厕身其间，发生种种瓜葛，其中有友谊，有同病相怜，有互致慰藉，亦有他人的捷足先登。诗之入笔极速，几为开门见山，末尾揭出梦醒，却恍惚无倪、低迷不绝，且写出雨将平阶，寒灯孤明，二秀才已去，惟己枕手小睡（醒来搓眼揉睛可想而知）的情景，用笔之细，无以复加。程梦星《李义山诗集笺注》谓此诗："六句况人间得意事，六句况人间失意事"，虽说得粗，却大致可从；而谓"末四句况得意失意同归于尽也"，尤为准确。此诗十六句，无对仗，形似七古，而句皆合律，介乎古体律体之间，也是义山的创格。

宿晋昌亭闻惊禽[1]

羁绪鳏鳏夜景侵[2],高窗不掩见惊禽。

飞来曲渚烟方合,过尽南塘树更深[3]。

胡马嘶和榆塞笛,楚猿吟杂橘村砧[4]。

失群挂木知何限[5],远隔天涯共此心。

【注释】

1 晋昌亭:指长安晋昌里令狐绹家的亭子。

2 羁绪:因羁留困顿而产生的愁绪。鳏鳏(guān 关):谐音关关,状鸟鸣声,而特改用鳏鳏,有暗示己为丧妻鳏夫之意。全句双关,人鸟兼指。

3 曲渚(zhǔ 煮):此指曲江池。南塘:即大慈恩寺前的南池。二处皆与晋昌里为近。二句想像惊禽飞动情景。

4 "胡马"二句:二句均三一三句式。榆塞,秦汉所设的边塞,即榆林塞,在今陕西北部。橘村,湘江中有橘子洲,此泛指楚地的村庄。

5 失群:指上句所言胡马,苏武诗:"胡马失其群,思心常依依。"挂木:指上句所言之楚猿。挂者绊也。

【解读】

夜宿晋昌亭,闻惊禽飞动,浮想联翩,遂有此诗。黄侃云："此诗以'惊禽'兴起己之离绪，以'胡马'、'楚猿'陪衬惊禽，通体惟'羁绪'一句自道本怀耳。制格布局，最为可式。"(《李义山诗偶评》)所论甚是。由己及物，爱心普照，且所思极远，北至边塞之马，南达潇湘之猿，更不必说戍守之卒、天下之民了，足见诗人因一己之忧而虑及苍生万物的仁者胸怀。要说义山学杜，此是根本。第三联思路开阔，想像辽远，而句式独特，初读当细辨之，再读方知其妙。此等破格句式杜诗中亦多，如"春水船如天上坐，老年花似雾中看"(《小寒食舟中作》)"永夜角声悲自语，中天月色好谁看"(《宿府》)"五更鼓角声悲壮，三峡星河影动摇"(《阁夜》)等，均非常规的二二三句式，而特有韵味者。

昨 夜

不辞鹈鴂妒年芳[1],但惜流尘暗烛房。
昨夜西池凉露满,桂花吹断月中香。

【注释】

1 鹈鴂(tí jué 题决):即子规,亦即杜鹃鸟,其鸣在春分秋分,显示着时间的变迁,故曰"妒年芳"。

【解读】

取第三句首二字为题,等于无题,实触景生情之作。秋凉之夜,遐思无限,所望者月中桂影,所叹者光阴流逝耳。"不辞"其实是无法抗拒,"但惜"退一步言之,却强调了时光虚度的烙印,无奈心情得到更充分表现。西池露满,是秋色已深;桂香吹断,似有人天难以沟通之恨。然所恨何来?短诗不能说出,留下想像空间,读者可意会而难予指实。对抒情小诗而言,传达情绪,营造氛围,唤起共鸣,给人美感享受,足矣。

夜　半

三更三点万家眠，露欲为霜月堕烟。
斗鼠上堂蝙蝠出，玉琴时动倚窗弦。

【解读】

　　此诗如画之小品，如乐之短章，篇幅有限而蕴涵深永。全诗未着力写诗人，而诗人形象却十分突出。何以见得？曰：前三句客观描写，似无人在，但为第四句诗人倚窗抚琴做了极好的铺垫。小诗如摄影镜头，由广远而渐近，由外而内，由景物而主人，于是忧愁、孤独、清高、思绪无限，世人皆睡我独无眠，一一尽在其中矣。

送崔珏往西川[1]

年少因何有旅愁？欲为东下更西游。
一条雪浪吼巫峡，千里火云烧益州[2]。
卜肆至今多寂寞[3]，酒垆从古擅风流[4]。
浣花笺纸桃花色，好好题诗咏玉钩[5]。

【注释】

1 崔珏：《新唐书·艺文志》："崔珏诗一卷，字梦之，大中进士第。"为李商隐晚辈，商隐死后有悼诗二首，云："词林枝叶三春尽，学海波澜一夜干。""虚负凌云万丈才，一生襟抱未曾开。"理解颇深，评价很高。

2 千里火云：与上句"一条雪浪"对仗，形容火烧云笼罩四川，夏季很热。益州：即蜀郡，唐为西川节度使所辖，治所在今四川成都。

3 卜肆：占卜的铺子。汉代严君平是成都著名的卜师，预言极准，但每日只卜数人，收入足以糊口，即关门下帘教授《老子》，很得蜀人尊崇。见《汉书·王贡两龚鲍传》。

4 酒垆（lú 卢）：古代用以放置酒瓮的土台。司马相如与卓文君私奔临邛，曾卖酒为生，文君亲自当垆沽酒。

5 浣花笺纸：成都郊外有浣花溪，唐女诗人薛涛曾居此溪旁的百花潭，用潭水造纸为十色笺，深红小彩者尤

珍贵，人称薛涛笺。玉钩：通常指新月，程梦星注谓此处指酒钩，即《无题》"隔座送钩春酒暖"所云之"钩"。

【解读】

崔珏"欲为东下"却须作"西游"，赴蜀或非所愿，"旅愁"因此而生，故义山赠诗劝慰。次联写景，壮观雄伟，其中也蕴含惊险和酷热。三联转折，告以蜀地人情风俗，用笔轻倩诙谐：严君平式的智者如今虽已很少，但当垆女子那卓文君似的风流自古未变。尾联便劝崔抛弃旅愁，塌下心来，自寻乐趣，多多写诗。诗写得亲切，是平等友好的劝慰，不是居高临下的说教，深得老杜神理。

花下醉

寻芳不觉醉流霞,倚树沉眠日已斜。
客散酒醒深夜后,更持红烛赏残花。

【解读】

此等即兴之作,如从心胸中自然流出,语言清新流畅,读来毫无障碍,而人物之行为动态历历如画,最具妩媚风致,曾有责其颓废者,浅矣。诗人爱美,恋花不舍,常见于诗,早于义山者,如王建《惜欢》:"岁去停灯守,花开把烛看。"白居易《惜牡丹》:"明朝风起应吹尽,夜惜衰红把火看。"晚于义山者,如司空图《落花》:"五更惆怅回孤枕,自取残灯照落花。"苏轼《海棠》:"只恐夜深花睡去,高烧银烛照红妆。"(参钱锺书《谈艺录》)。义山此篇与它们异曲而同工。

滞 雨

滞雨长安夜,残灯独客愁。
故乡云水地,归梦不宜秋。

【解读】

写出被雨阻留,困滞长安的愁闷。受困已非一日,夜来残灯孤栖,怎能不想同是云水地的故乡?而"不宜秋"者,因秋思更其缠绵难捱也。

乐游原[1]

向晚意不适,驱车登古原。
夕阳无限好,只是近黄昏。

【注释】

1 乐游原:即乐游苑。在长安城南、杜陵西北高原上,因汉宣帝建乐游庙而得名。地势高敞,能俯瞰全城,风景优美,是京城士女游览胜地。

【解读】

李商隐有《乐游原》诗三首,此是其中最著名者。另一首五律,有云"春梦乱不记,春原登已重",可见这里是他常来之地;又云"无惊托诗遣,吟罢更无惊",似乎乐游原还是他经常的觅诗之处。这次,他又因为"意不适"而来到乐游原。是一个傍晚,他驱车而来,意欲一散愁绪也,看到的正是夕阳沉山的壮丽景象。目送夕阳渐渐沉落,暮色渐渐浓重,在瞬息万变的西天美景面前,他感动了,一时说不出复杂的话,便发出了平易到极点而又丰富精警到极点的"夕阳无限好,只是近黄昏"的感叹。"迟暮之感,沉沦之痛,触绪纷来。"(冯浩《玉谿生诗集笺注》引杨守智语)"百感茫茫,一时交集,谓之悲身世,可;谓之忧时事,亦可。"(纪昀《玉谿生诗说》)"诗人浑沦书慨，正缘所感并非一端。不仅可兼包时世、身世、人生诸多方面，且表现出对美好而行将消逝之事物带有哲理性之沉思与浩叹。"（刘学锴《汇评本李商隐诗》按语）"他感受到夕阳美好程度的无限性，以及夕阳留存时间的有限性。以有限证明无限的伟大，以无限证明有限的珍稀，在瞬间陶醉中涤除心灵不适的渣滓，以澄明之心同宇宙精神相通。"（《唐宋名篇之唐诗卷》本诗解读、杨义撰）——千百年来的读者反复体味，却怎么体味也体味不尽这首二十字小诗的含义，不能不说是文学上的一个奇迹。